TAKE
SHOBO

ピアニストの執愛

その指に囚われて

西條六花

ILLUSTRATION
秋月イバラ

蜜夢
MITSU
YUME

ピアニストの執愛
その指に囚われて

CONTENTS

MITSU YUME

イラスト／秋月イバラ

【その指に囚われて】
ピアニストの執愛

Pianist no Shu

プロローグ

「――婚約者が妊娠したんだ」

その言葉を聞いた瞬間、芽依《めい》は思わずメニュー表を見ていた動きを止めた。

「あの……ごめんなさい。よく聞こえなかったんだけど、何？」

楽しいはずのデートだった。ここ最近は恋人の夏川章吾《なつかわしょうご》となかなか会う時間が取れず、少し不安になっていたため、今日は久しぶりに会えて心が浮き立っていた。

しかしたった今聞こえた言葉は耳を疑う内容で、芽依は戸惑いながら夏川を見つめる。

夏川はそんな芽依の顔から視線をそらし、噛んで含めるように答えた。

「婚約者が、妊娠したんだ。本社への異動の辞令が出てるから、それに合わせて今月末に引っ越したあと入籍する。だから君とは、今日で終わりにしたい」

「…………」

薄暗い店内には、音量を抑えたピアノの旋律が鳴り響いている。

開店してまだ数カ月というこのジャズバーは、夏川が見つけてきた店だ。ピアノの生演奏がありながらノーチャージで、酒や料理が充実している。芽依が彼と共にここを訪れたのは、今日で二度目だった。

視線を巡らせると、重厚なオークのカウンターの隅に置かれた小さなグラスに、ピンクのバラが生けられている。誰も気づかないほど目立たない位置に置いてあるそれは、色味を渋く抑えた店内にささやかな彩りを添えていた。

芽依はそれを見つめながらぼんやり考えた。

(婚約者って……どういうこと？　しかも妊娠って)

——夏川は、自分の恋人ではなかったのだろうか。

時間が経つにつれ、じわじわと彼の言葉が浸透してくる。半年前からつきあっている夏川は、芽依の所属する課の課長だ。年齢は三十歳で、仕事ができて整った容貌の彼に、芽依は入社したときから密かに憧れを抱いていた。当時は主任だった夏川は仕事の実績が高く評価され、同期の中では一番早く課長になったと去年社内で話題になった。

そんな彼と恋愛関係に発展したのは、半年ほど前だ。残業時に二人きりになった際、「前から可愛いと思っていた」と言われ、芽依の胸はときめいた。それから週に何度か逢瀬を重ねるようになり、この半年間は本当に幸せだった。

それなのに夏川には、他に婚約者がいたという。その言葉は芽依にとって、驚き以外の何ものでもなかった。

(ひょっとして、「会社の人間には、僕らの関係を秘密にしておこう」って言ってたのは

（……だから？）

ふいにそんな考えが、脳裏に閃《ひらめ》く。

交際が始まったときから、夏川は芽依との関係を周囲に隠していた。「仕事に差し支えるから」という彼の考えはもっともな理由に聞こえ、芽依は「直属の上司と部下なのだから、つきあっているのがわかれば周囲もきっとやりづらいに違いない」と自分を納得させていたものの、今の彼の発言からするとそれは詭弁《きべん》だったのかもしれない。

「……婚約者って、誰？　一体いつからつきあってたの？」

気づけばそんな疑問が、口を突いて出ていた。芽依は顔を上げ、夏川を見つめて問いかけた。

「まさかわたしと、つきあう前から？」

動揺で声が震えそうになるのをこらえつつ、芽依は手元のスプリッツァーのグラスを強く握りしめる。

夏川は目を伏せて説明した。――婚約者は部長の親戚で、一年余り前からのつきあいだという。去年の正月、夏川は部長宅に招かれた際に姪である彼女と出会い、半年後に婚約した。彼には来月の四月一日付けで本社へ異動の辞令が出ており、向こうで婚約者と一緒に暮らす準備をしていた矢先に彼女の妊娠が判明したらしい。

夏川の話を聞いた芽依は言った。

「去年のお正月からって……わたしとつきあう前だよね」

「…………」

「しかも婚約したのって、ちょうどわたしとつきあい始めた時期だよね。どうしてそんな状況で、わたしとつきあえるの？　別の人と婚約したのなら、最初からわたしは遊びだったってことでしょう？　しかも本社への異動の話も、向こうでその人と一緒に暮らすつもりだったことも、今まで何も言わないで――」

芽依の中に、怒りと悲しみがない交ぜになった気持ちがこみ上げる。

ずっと憧れていた夏川からアプローチされて、芽依は幸せだった。音楽が好きで蘊蓄《うんちく》を語るのが好きで、優しい物腰に大人の余裕を感じ、そんな彼といつか結婚できたらと考えていた。

夏川が沈痛な面持ちで言った。

「誤解しないでほしい。遊びのつもりで、君に手を出したんじゃないよ。可愛いと思ったのは本当だし、いつも一生懸命仕事のサポートをしてくれる姿に心惹かれて、それで――」

「でも婚約してたのは事実で、彼女は妊娠してるんでしょ？」

切り込むような芽依の言葉に、夏川はぐっと顔を歪《ゆが》め、「……それは」とつぶやく。

芽依は冷たい失望がひたひたと心を満たしていくのを感じていた。夏川に言われるまで、芽依は他の女性の存在に微塵《みじん》も気がつかなかった。それはおそらく彼が上手く立ち回って彼女とブッキングしないように努め、周囲にも芽依との関係を秘密にしていたから可能だったに違いない。

（でも、だとしたら……）

――夏川の婚約者にとって、自分は憎むべき「浮気相手」だ。そう思い至り、芽依はヒヤリとした。これまで芽依は夏川の婚約の事実を全く知らずにいたが、彼女にしてみればこちらは不貞行為の片棒を担いだ人間で、訴えたいと思われても何ら不思議ではない。

動揺する芽依に、夏川が声をかけてきた。

「芽依、よく聞いてくれ。僕は――」

隣に座る男の顔を、芽依は見上げる。しかし次の瞬間、思わず苦い笑いがこみ上げた。

（……何て顔してるの）

目の前の男は、表情を作ることに見事に失敗していた。おそらくは決死の覚悟で最後の幕引きを計ったにもかかわらず、こちらの態度を目の当たりにしてひどく焦っている。

それを見た瞬間、芽依は自分の中の夏川の評価がこれ以上ないほど下がるのを感じた。

芽依は隣の彼を見つめ、口を開いた。

「別れたくないなんて、言うつもりないよ。そんなのは婚約者の人に迷惑だし。要するに章吾さんにとってはわたしは最初から『浮気相手』で、遊びにすぎなかったってことなんだよね？」

「いや……だから、僕は……」

「――言い訳しないで。どう言い繕っても、章吾さんのしたことは悪質な二股だから。わたしや婚約者の人、どっちにもすごく失礼な行為をしたっていう自覚がないの？」

芽依がぴしゃりと言い放つと、夏川は驚きの表情で口をつぐむ。今まで芽依は彼にこんな強い言い方をしたことはなく、それが夏川にとってひどく意外だったようだ。

（あーあ、わたし、見る目なかったんだ……）

スマートで大人な男だと思っていたが、今目の前にいる彼が本当の姿だ。こちらが抱いていたイメージとは裏腹に、彼は婚約者がいながら他の相手とも遊びたいと考えるような、モラルの低い男だったのだろう。

芽依は一度深呼吸し、気持ちを整える。そして目の前の男に笑って言った。

「転勤なら、引っ越し準備が大変だよね。今月はあと一週間ぐらいしかないんだし。そっか、じゃあ今日でお別れだね？」

「あ、ああ」

芽依の笑顔の意味を図りかねたのか、夏川が戸惑いの色を浮かべながら返事をする。芽依は言葉を続けた。

「今までありがとう。――さよなら、元気でね」

スプリッツァーのグラスを握る手が震えそうになるのをじっとこらえ、芽依は精一杯の虚勢で穏やかにそう告げた。

本当は、夏川に言いたいことがたくさんある。嘘《うそ》をついて気持ちを弄んだ行為を、大声で責めてやりたい気もした。しかしここは落ち着いた雰囲気のバーで、そんなことをすれば周囲に迷惑がかかる。たとえ夏川を責めたところで事態は何も変わらず、自分の惨めさが増すだけだ。

そう結論付け、ため息を押し殺した芽依は、スプリッツァーの残りを飲み干す。そして彼に再度笑顔を向けた。

「わたしはもう少し飲んでいくから、章吾さんは先に帰って。いろいろ忙しいだろうし、ね？」

「いや……。でも」

彼が躊躇《ためら》っているのは、まだ言い訳をしたいからだろうか。それとも、このあとの展開を期待していたからだろうか。ふいにそんな考えが頭に浮かび、芽依の顔からすうっと笑みが消えた。

これまでのつきあいでは軽く飲んだあと、ホテルに行くのが定番のコースだった。

（……馬鹿みたい）

もし別れ話をした日にまでそんな都合のいい展開を考えていたのなら、ずいぶんと安く見られたものだ。しょせん彼にとっての自分はその程度の相手だったのだと思うと、芽依の中に苦いものがこみ上げる。

「すみません、マンハッタンください」

芽依は夏川から視線をそらし、カウンターにいるマスターに声をかけた。そんな様子を男はしばらく見つめていたが、やがて言いにくそうに口を開いた。

「……僕がこんなふうに言うのはおこがましいけど、最後に聞いてほしい。会うのは本当に、今日これっきりにしてほしいんだ。今後は連絡を取るのも控えてもらいたいし、社内の人間に話をすることや、部長に何か言われたりするのも困る。ましてや婚約者に接触されたら、彼女は心労で流産してしまうかもしれない。だから手切れ金というか、僕の誠意を受け取ってほしくて、これを用意したんだ」

そう言って夏川がカウンターに置いた封筒を、芽依は唖然《あぜん》として見つめた。

おそらく中身は、芽依に黙ってもらうための金なのだろう。彼が口にしたのは、本当に自己中心的で都合のいいことばかりだ。婚約者がいるのを隠してつきあった挙句、それを周囲に吹聴されるのは困ると言って、金でこちらの口を塞《ふさ》ごうとしている。

芽依は眼差しに怒りをみなぎらせ、夏川を見つめながら低く言った。

「――馬鹿にしないで」

「…………」

「別れるのを了承したのは、わたしがあなたにうんざりしたから。本当に腹が立つし許せないけど、だからといって周りに今回の件を言いふらそうとは思ってない。でもそれはあなたのためなんかじゃなくて、婚約者の人に対して申し訳ないっていう気持ちが強くあるからだよ」

「…………」

「それに気づいてる？　章吾さん、さっきからわたしに要求を押しつけるばかりで、一言も謝ってない。わたしはあなたに騙《だま》されて、この半年間が嘘だったって思い知らされて、今ものすごくショックを受けてるのに。それとも別れる女には、そんな気遣いすら必要ないってこと？」

言い切った途端、芽依の目から涙が零《こぼ》れた。

夏川は芽依の言葉にハッとした表情を見せ、ばつが悪そうに顔を歪める。やがて彼は、頭を下げて言った。

「…………ごめん」

「…………」

「君の言うとおり、僕は卑怯《ひきょう》な男だ。今までのことを謝りもしないで、こちらの都合ばかり押しつけたら……君が気分を害して当然だよな」

しんとした沈黙が、互いの間に満ちる。芽依は彼から目をそらし、マンハッタンを一口飲んだ。重苦しい空気を察したのか、カウンター内のマスターは少し離れたところで何かの作業をしている。

芽依はポツリと言った。

「……もう帰って」

「…………」

「あなたの望むとおり、わたしからは今後一切連絡しない。それに、婚約者や部長にも何も言う気はないから、安心して」

夏川はしばらく芽依を見つめていたが、やがて席から立ち上がり、上着と鞄を手に取る。そして五千円札をカウンターに置き、遠慮がちに言った。

「じゃあ……僕は行くよ。今まで本当にすまなかった」

「…………」

「元気でね」

そのまま去って行こうとする彼に、芽依は「待って」と声をかける。途端に夏川がビクリと震え、顔をこわばらせる。その怯えようを見た芽依は、笑い出したくなった。

芽依はカウンターの上に置かれたままの封筒を、彼のほうに押しやった。

「これはいらないから、持って帰って。結婚や出産準備があるんだから、お金はいくらあったって困らないでしょ？」

「…………」

芽依の皮肉に顔を歪め、夏川はわずかに逡巡したのちに封筒を懐にしまい込むと、踵を返した。

ドアベルが触れ合う軽やかな音がし、彼が店を出ていく。それからどれくらいの時間が経ったのか、背後で奏でられているピアノの調べが唐突に芽依の耳に入ってきた。

先ほどから、低く穏やかに演奏されている曲——「I loves you, Porgy」。静かなのにときおり情熱的になる旋律が何ともいえず切なく聞こえ、芽依の目にじわりと涙が浮かんだ。そんな自分が悔しくなり、目の前に置かれたマンハッタンを一気に飲み干す。

こんな形で夏川との関係が終わるだなんて、思ってもみなかった。最近は会社以外ではなかなか会えず、ほんの三十分前まで久しぶりのデートに浮き立っていたのが、まるで遠い昔のことのように思える。

(……他に婚約者がいて、しかも妊娠してるなんてね)

芽依はため息をつく。——今日こんなことになるまで、自分は彼に愛されているのだと思っていた。

彼女が妊娠した事実を受け、芽依との関係を清算しなければと考えていた夏川にとって、本社に栄転が決まったのは渡りに船だったに違いない。意を決して別れ話を持ちかけたものの、最後の最後で焦りの表情を見せ、これまでの「何でもそつなくこなすエリートサラリーマン」というメッキが見事に剝《は》がれ落ちていたのが見苦しかった。

しかし部長の姪だという人物と婚約したのだから、もし破談になればきっと今後の仕事に差し支えるはずだ。だとすれば夏川は今日「別れたくない」と言われるのを一番恐れていただろうから、焦る気持ちもわからなくはない――そう考え、芽依は目を伏せた。

（あの人がいつまでも何か言いたげにしてるのを見て、「まさかホテルに行きたいからか」って考えるなんて……わたし、馬鹿みたい）

偉そうに彼を責めながらも、心のどこかにはまだ未練があったのだろうか。そう考え、芽依は苦い微笑みを浮かべる。

今日の夏川は終始雰囲気が固く、とにかく芽依に別れを納得させようという強い意志が感じられた。その一方で聞こえのいい言い訳を並べようとしたのだから、よほど恨まれたくなかったのだろう。彼の所業からいえばそんなことは絶対に無理なのに、ひょっとするとこれまで従順だった芽依なら、たやすく言いくるめられると考えていたのかもしれない。

それまで店内に流れていたピアノの調べが、余韻を残して消えた。客席から静かに拍手が起こり、カウンターに肘をついた芽依は零れ落ちていた涙をそっと拭う。ピアノの演奏はとりあえず終わったらしく、店内のＢＧＭはレコードプレーヤーから流れるジャズのレコードへと切り替わった。

ため息をついておかわりの酒を頼んだ直後、ふいに芽依の隣に若い男がやってくる。彼は立ったままカウンターにもたれて注文した。

「マスター、ジンロックちょうだい」

背が高い彼は、火を点けたばかりの煙草を咥《くわ》えていた。着崩した白いシャツがラフな雰囲気を醸し出しているその男は、カウンターにある灰皿に灰を落とし、ロックグラスの中身を舐めながらマスターとボソボソと雑談を始める。彼らの会話が聞こえた芽依は、その内容から、男が今までこのフロアの奥でピアノを弾いていた人物だと知った。

（……こんなに若い人だったんだ）

芽依と同じくらいの歳に見える男の年齢は、おそらく二十四、五歳くらいだろう。カウンターの上に置かれた大きな手の指はピアニストらしく繊細で、どことなく色気を感じさせる。

——ふとその指に見覚えがある気がして、芽依はドキリとした。

芽依は視線を上げて男の顔を見る。伸びかけの髪が目に掛かっていて、顔立ちは端正だがどこか物憂げで表情に乏しかった。細身ではあるものの肩幅がしっかりとしているため、貧相な印象は全くない。シャツの襟元はさほど大きく開けられていないのに、垣間見える肌がひどく蠱惑《こわく》的に見える。

芽依の視線に気づいたらしい男が、何気なくこちらを見た。正面からその顔を目視した芽依は、息をのむ。同時に相手も、驚いたように口を開いた。

「……佐々木《ささき》さん？」

「あ、秋本《あきもと》……」

――こんなところで会うとは思わなかった。「もう二度と会うことはないのだ」と、過去に無理やり折り合いをつけた相手だった。

彼の顔を見た芽依の脳裏に、かつてもっと線が細かった頃の面影がよみがえる。いつも気だるげな表情で、ぼんやり遠くを見つめて音楽を聴いていた彼は、芽依が知る頃よりずっと大人になっていた。

（昔より……男らしくなった）

秋本計《けい》との、七年五カ月ぶりの再会だった。

第1章

——いつもぼんやりしていて、気配が薄い人間だという印象を持っていた。

高校時代の秋本は学校を休みがちで、たまに出てきても常にヘッドフォンで音楽を聴いている、覇気に乏しい生徒だった。深夜のバイトをしているという噂があったが、当時真面目そのものの生徒だった芽依は彼と話したことがなく、それ以上の話をよく知らなかった。

初めて接点を持ったのは、教科担任に頼まれて、人気のない資料室まで授業の道具を取りに行ったときだ。日当たりのいい資料室の埃《ほこり》っぽい空気の中、秋本は壁にもたれて気だるげに床に座り込んでいた。いつものようにヘッドフォンをしていた彼は、芽依を見るなり驚いた顔をした。

誰もいないと想定していた場所に思わぬ人物を発見してしまい、そのときの芽依は彼以上に驚いていたと思う。慌てて「授業に使う地図を取りにきた」と説明する芽依に、秋本が言った。

「そっか。……俺がここにいるの、他の人には内緒にしてくれる？」

「いつもここでさぼってるんだ。普段は誰も来ないし」

「えっ？」

「あ……そう、なんだ」

ぎこちなく「いいけど」と続けた芽依に、秋本がホッとした顔で微笑んだ。

「ありがと、佐々木さん。お礼と言っちゃ何だけど、あんたも来たいときにここに来ていいよ。誰か連れてこられるのは困るけど」

——あまり教室にいない彼が自分の名前を知っていたことに、芽依は驚きをおぼえていた。遠慮がちに秋本にそう告げると、彼は「ああ」と答えた。

「知ってるよ。だってあんた、いつもつまんなそうな顔してて……。だから何となく名前を覚えてたんだ」

思いがけない言葉に、芽依は虚を衝かれて黙り込んだ。

学校は進学校で、通っていた生徒も真面目なタイプが多かったが、芽依の家は他に比べてかなり厳しいほうだった。本当は勉強や家庭にうんざりしていたのに、当時の芽依はそれを表に出さず、上手く優等生を演じていたつもりだった。

そこそこ勉強ができて友達も多く、いつもニコニコ笑っている——両親自慢の優等生。そんな仮面を被りつつも、実は内面はひどく冷めていて、芽依は毎日が退屈で仕方がなかった。

同じ日々を繰り返すことがときおり苦痛に感じ、笑顔を作っていても全然楽しくない。それでもあえて演じ続けていたのは、日常を壊すだけの勇気がなかったからだ。不良じみた行為には興味がなく、やりたいことも特になかったため、惰性で優等生をやっているのが一番楽だった。

何となく学校を卒業し、何となく就職して、いつか何となく結婚するのだろう——そう漠然と考えていた。そんな鬱屈した内面をたまにしか学校に来ない秋本に見抜かれてしまい、芽依は驚きと同時に居心地の悪さをおぼえた。

しかし心には、興味もこみ上げていた。他人に関心がなさそうでいて意外な洞察力がある秋本は、一体どんな人物なのだろう。彼は学校に来ているときは授業に出たり出なかったりで、特にクラスの誰かと話すこともない。改めて見ると、秋本はひどく顔立ちが整っているのがわかる。それなのにこれまで女子に騒がれていなかったのは、人と接する機会がないせいと、気配を極力抑えているせいかもしれない。夜のバイトをしているという噂《うわさ》もあるが、どこまでが本当なのか。涼しい顔をして、普段何を考えているのか——。

翌日に芽依が休み時間に資料室を訪れたとき、秋本は少し驚いた顔をしたものの、何も言わなかった。芽依がいても彼はマイペースで、特に話しかけてもこず、こちらを全く気にしない。

秋本に興味を持っていた芽依は、そんな態度に少し拍子抜けした。自分は話しかけないから、そっちも話しかけるな——そう言わんばかりの態度で一人の世界に閉じこもられると、「あなたに興味があるんです」というそぶりは見せられなかった。

その後、芽依が足しげく資料室を訪れるようになったのは、半ば意地もあったのかもしれない。秋本の素っ気ない態度に、芽依は本当は少し傷ついていた。自分では如才なく人とつきあえるタイプだと思っていたのに、秋本には話しかける隙が微塵もない。そんな彼の態度が、誰かに強く拒否された経験がない芽依には悔しかった。

「自分は秋本なんかに傷つけられたりしない、無視されても全然平気だ」という態度を取りたいがために、毎日資料室を訪れていたような気がする。

今考えると何をそんなにむきになっていたのかと不思議になるが、当時の芽依は真剣だった。いつもポーカーフェイスの彼が、苛立つところが見たい——そんな考えは、ひょっとすると最初に抱いた興味の裏返しだったのだろうか。

自分が行くことで、何となく秋本に嫌がらせができるような気がしていたのも否めない。ちょろちょろとテリトリーを乱すこちらに対して苛立てばいい、何か言えばいい。そう思っていたのに、やはり秋本は何も語らず、いつまで経っても自分のペースを崩さなかった。

(……ほんとに、自分の世界にいるんだね……)

しばらくそんな行動を続けたが、芽依は次第に自分の振る舞いが馬鹿馬鹿しくなった。

おそらく秋本という人間は、自分の外側にほとんど興味がないのだ。学校の誰とも接点を持たないのも、きっと面倒だからに違いない――そう思うと、彼の気を引こうとあくせくしていることが急に無駄に感じられた。

いつしか芽依は秋本に対抗意識を燃やすのを諦め、開き直って好きに過ごすようになった。彼の隣で本を読んだり、宿題をしたり、窓を開けてぼんやりするうち、「互いに干渉しない」という過ごし方がかなり楽なのだと気づいたのは、少し経ってからのことだった。

秋本は相変わらずマイペースに音楽を聴いたり、たまに隅にうずくまって眠ったりしていたが、そんな寡黙な彼の横で好きに過ごすのは、思いのほかリラックスできた。

一緒にいながら相手に干渉しないのは、芽依にとっては初めての経験だった。普段、友人や親の前で意識して明るく振る舞っていた芽依は、共通の話題を探したり相手に合わせたりしなくていい状況にホッとした。

やがて芽依は、資料室に行く時間を楽しみにするようになった。授業中、そして友人といるときも、気づけば早く資料室に行ってのんびりすることばかり考えていた。

「……ねえ、いつも何聴いてるの？」

――ある日秋本にそう尋ねたのは、本当に気まぐれだった。互いに何をしていても気にしない空気がすっかりでき上がっていたが、そのときはいつも彼が聴いているものにたまたま興味が湧いた。

資料室を訪れるようになってから、既に一カ月ほどが経っていた。その頃には当初感じていた秋本の見えないバリアはだいぶ和らいでいて、何となく話しかけても大丈夫そうな雰囲気になっていた。

一瞬驚いた顔した秋本は黙ってヘッドフォンをはずし、芽依に差し出してきた。てっきり流行りの音楽か洋楽だと思っていたが、そこから流れてきた音楽は芽依にとって意外なものだった。

「これって……ピアノ？」

「うん。だいたいジャズ」

意外な好みに驚く芽依に、秋本が言った。

「ピアノを弾くんだ、俺。最近は知り合いの店で、少し演奏させてもらったりもしてる」

――どうやら夜のバイトの噂は、本当だったらしい。

自分とは全く無縁の世界に芽依が驚いていると、秋本はポツポツと話し出した。

元々ピアノを習っていて音楽の道に進みたい気持ちがあったが、両親の反対に遭い、半ば強制されてこの高校に入学したこと。しかしどうしてもピアノを諦められず、夜の街を徘徊してはジャズバーに出入りするようになり、最近はバイトとして弾かせてくれる店を見つけられたこと。

今はそうしてせっせとバイト代を貯めているのだと聞き、芽依は素朴な疑問を口にした。

「お金を貯めて……どうするの？」

「——アメリカに行きたいと思ってる」

いつもまるで覇気のない彼がそんな大それた野望を持っている事実に、芽依は心底驚いた。聞けば彼は渡米に備え、既に英検一級やTOEICを高得点で取得済みだという。TOEIC以上に難しいTOFELも、いずれ受験するつもりでいるらしい。

ピアノ、ジャズ、そして渡米など、どれも本当に予想外だったが、秋本が本気で考えているらしいことは態度で伝わってきた。

そこまで彼を駆り立てるピアノというものは、一体何なのだろう。そんな興味が芽依の中に湧いた。音楽の素養が全くない芽依にとって、秋本がピアノが弾けること自体がびっくりだ。ましてやそれでアメリカに行こうなど、こちらの想像を遥かに超えていた。

（……でも）

——そこまで本気で打ち込めるものがあるのだと思うと、少しうらやましいような気がした。芽依と秋本は、大違いだ。毎日に鬱屈《うっくつ》しながらも表面上は優等生を演じ、誰の前でも「いい子」を装っていた芽依には、何の夢もなく道を踏み外す勇気すらなかった。

一方で無気力に見えた秋本は将来に確固たる希望を持ち、努力している。気づけば芽依は、そうした心情を吐露していた。

「何か秋本って……すごいね。そんなこと考えてるなんて、全然思わなかった」

「別にすごくはないよ。むしろみんなが普通にやってる、毎日当たり前に学校に通うとか、授業にきっちり出ることが苦痛で……俺はできないから。ある意味、社会不適合者だよ」

そう言った横顔に彼のコンプレックスが透けて見え、芽依はぎゅっと心臓をつかまれた気がした。

いつも何も興味がないような顔をしてマイペースに見えるのに、彼はそんな自分自身に劣等感を抱いていたのだろうか。そう思うと、急に秋本という人間が生々しくリアルに感じられ、目が離せなくなった。

それからポツポツと会話をするようになって、芽依は秋本に会うのが楽しみになった。いつしか以前よりも強く秋本という人間を知りたいと思う欲求がこみ上げ、それが「恋」という感情だと気づいたのは、しばらくしてからのことだった。

気づけば彼に、心惹かれていた。物憂げな雰囲気や端正な顔立ち、ひょろりとしてどこか少年っぽさを残したアンバランスな体型、そして指の長い手も――見つめるだけで心がざわめいて、仕方がなかった。

ある日、目が合った瞬間に芽依が自分から彼にキスをしたのは、衝動的なものだった。

秋本の切れ長の目元がきれいで、その瞳の奥に思いがけずこちらへの親しみの色を見つけた途端、急に「触れたい」という欲求がこみ上げた。

触れた直後に間近で秋本の視線に合い、芽依は自分の大胆な行動に内心パニックになった。

（わたし、何でいきなり……こんな）

それまで優等生として振る舞ってきた芽依は、異性とつきあった経験がなかった。しかし秋本は目を丸くし、「びっくりした」とつぶやいたものの、拒絶したりはしなかった。そんな反応に胸がぎゅっとして、再び触れても受け入れられ、芽依は心が疼くのを感じた。

――それから資料室で過ごす二人の時間に、「キス」という項目が加わった。相変わらず互いに気が向くまま行動をしながらも、いつしか肩が触れるほど近くに座るようになり、目が合えばキスをした。

芽依は秋本に対する気持ちを、次第に抑えられなくなるのを感じていた。もっと彼を知りたい、近づきたい――そんな思いがこみ上げて、苦しくなった。

その頃には当初あれだけ憎らしかった秋本のポーカーフェイスは、芽依にとって気になって仕方のないものになっていた。やがて好奇心を抑え切れなくなった芽依は、秋本に言った。

「秋本は……ピアノを弾くんだよね」

「うん」

「わたし、秋本のピアノ聴いてみたい」

芽依は秋本が弾くピアノを、一度聴いてみたかった。彼が興味のあるものは、何だって知りたい。そんな考えから言い出したことだったが、秋本が黙り込んでしまい、やはり図々しいお願いだったかもしれないと不安になった。

　彼はしばらく考えて言った。

「聴かせてもいいんだけど……実は俺の家に、もうピアノはないんだ。高校に入るとき親と揉めて、処分されちゃったから。——だから」

　店のオーナーが持っているスタジオでなら聴かせてやれる、と秋本は言った。貸しスタジオとして時間でお金を取っているところだが、普段から誰もいない時間帯、オーナーの厚意で練習に使わせてもらっているのだという。

「……夜になるけど、大丈夫？」

　夜、という部分に家から出られるか不安になった芽依だったが、秋本のピアノを聴いてみたいという欲求には勝てなかった。

　やがて指定された日の夜、家族に知られないようにこっそりと家を抜け出した芽依は、ドキドキしながら教えられたスタジオに向かった。

　親に黙って夜に家を抜け出すなど、初めてのことだ。訪れたスタジオは庭に面した部分が大きなガラス張りになっており、開放感のある広い造りだった。防音のためかガラスは分厚く、そこから差し込んだ月の光が明かりのないスタジオ内を薄明るく照らしていた。

　芽依が到着したとき、秋本は既に広いスタジオ内の奥にあるグランドピアノの前に座っていた。薄闇に浮かび上がる姿があまりにも孤高に見えて、芽依は彼を見た瞬間、何ともいえない気持ちになって立ちすくんだ。

——葛藤や孤独、劣等感といったすべての感情を抱えて、秋本はピアノに対峙している。そんなふうに見えて、目が離せなくなった。

「座って。何か適当に弾くけど、いい？」

芽依が頷くと、秋本は指慣らしに軽く鍵盤に触れた。

途端に響いた軽やかな音に、芽依は目を瞠《みは》った。しばらく気が向くままに鍵盤を鳴らしていた秋本が、やがて曲を弾き始めた。すべて暗譜しているらしい彼の手から紡ぎ出される旋律は、芽依を驚かせた。

（……わあ……）

——秋本が弾いたのは、古いジャズナンバーだった。

あとで聞いたところによると、最初の曲は「Someone to Watch Over Me」。ジャズらしく落ち着いたトーンの曲を、彼はときおり軽やかさも交えて奏でた。

基本的なメロディー以外は即興だというその演奏に、芽依はすぐ引き込まれた。彼の音が醸し出す雰囲気、そして信じられないほど細やかに動くその指の動きに驚き、感心した。

鍵盤を叩くその姿は、いつもの覇気のない姿とは大違いだ。静かに、ときに情熱的に一曲弾き終えた秋本は、すぐに次の曲を弾き始めた。

美しく澄んだ高音の繊細な出だしが印象的な、「Tenderly」。流麗によどみなく曲を紡ぐ彼の指は、魔法のようだった。それまでジャズというジャンルに触れたことがなかったが、退屈さは全く感じない。むしろ聞いているうちに「もっと聞きたい」という思いが湧いてきて、気分が高揚した。

曲はどこか切なくドラマチックな雰囲気の「My Funny Valentine」に移り、芽依は息をひそめて聞き入った。秋本の奏でる音の中に身を置いているうち、時を忘れた。ひとつひとつの音、フレーズが心に染み入る気がして、言葉にならない。軽やかな曲もしっとりした曲も、どちらも思わず聴き入ってしまう魅力があって、芽依はどんどん彼のピアノに惹きつけられていくのを感じた。

音の余韻が消え、秋本がピアノの椅子を軋ませたのが聞こえて、芽依はようやく我に返った。演奏が終わったのに気づいて急いで拍手したものの、すぐに手は止まってしまい、気づけば感嘆のため息が漏れていた。

「すごい……まるで夢みたいな時間だった」

曲の余韻が、まだ自分の中に残っている。それに感動にも似た気持ちをおぼえながら、芽依は言葉を続けた。

「秋本がこんなふうに弾けるなんて、すごくびっくりした。音も響きも、ひとつひとつが宝石みたいにキラキラしてて……終わるまでがあっという間だった。もっともっと、聴きたいくらい――ずーっと秋本の音だけ、聴いていたいくらい」

感動したことを伝えたいのに上手く言葉にならず、芽依はもどかしい気持ちになった。

「秋本のピアノ、わたし好きだよ。……本当にすごいね。ほんとに秋本は……ピアノが好きなんだね」

芽依の言葉を聞いた秋本が目を丸くし、いつものポーカーフェイスを作るのに失敗したような顔になった。彼は目を伏せてそんな表情を隠すと、椅子から立ち上がり、スタジオの隅にある小さな冷蔵庫に向かった。

「…飲む？」

水のペットボトルを差し出され、二人で壁際に座った。いつしか定位置になってしまった左のポジションに秋本が座ると、何だか芽依はホッとした。――いつもの秋本に、戻ってくれた気がした。

（まるで違う世界の人みたいだった……）

秋本がピアノを弾く姿は、ひどく意外だった。

学校ではいつも遠くを見ていて、すべてが退屈で仕方がないという顔をしている彼が、ひたむきに鍵盤に向き合っていたのが芽依には驚きだった。聴衆としては何の知識もない自分すら引き込んでしまう演奏に、芽依はいつまでも心の震えが収まらなかった。ピアノがあれほど多彩な音を出すなんて、知らなかった。繊細な音も力強い音も、秋本の指が紡ぎ出す旋律は魔法のようだった。

　こんなふうに心を揺さぶる演奏ができるなら、きっと彼は芽依が想像するより遥かに高いところを目指しているのだろう。いつか自分の腕だけでアメリカに行きたいという秋本が、芽依は途方もなく大人に感じた。しかしそれと同時に、将来に何の展望もない自分と比べてしまい、置いていかれるような気がして胸がぎゅっと痛くなった。

「……ピアノ、いつから習ってたの？」

「四歳くらいからかな」

――最初はクラシックから始めた秋本がジャズに出会ったのは、中学時代にピアノ教師の家にあった古いレコードを聴いたことがきっかけだという。それからすっかりのめり込み、勉強そっちのけで音楽の道に進みたいと考えたが、彼の両親が許さなかったらしい。

「うちの親、二人とも医者で病院を経営してて……だから俺のことも医者にするつもりでいたんだ。ピアノは教養のためにやらせただけで、『もしこれのせいで勉強をしないなら、処分する』って言われて」

　ピアノを取り上げられた秋本はすっかり意気消沈してしまい、何もかもがどうでもよくなってしまったという。

　しかしどんなに抑えつけられても、彼は自分の中の「弾きたい」という欲求を消すことができなかった。毎日家を抜け出し、音を求めて夜の街をさまよい歩き、やがてジャズバーに出入りするようになり――ようやく「ここで弾いてもいい」と言ってくれるオーナーに出会って、今が一番充実していると語った。

しかし両親との仲は最悪で、顔を合わせるたびにひどい口論になるという。

「……ほんとはもう、ずっと前から、今の学校は俺にとって無意味だなって思ってたんだ」

月明かりが差し込むスタジオの床を見つめ、秋本がそうつぶやいた。

親が望む道を歩けないなら、今の学校に通う意味はない。いつも休みがちだし、行っても最低限単位を取れる回数しか授業に出ていないため、だったら時間を他のことに使いたい――そう言われるとそのとおりのような気がして、芽依は何も返せなくなった。

（でもわたしは……秋本が学校に来るとうれしいよ）

秋本に会えるだけで、ただ一緒にいるだけでうれしい。しかし彼にとっては学校が必要のないものだと思うと、それに付随した自分もまた不要に感じて、芽依は切なくなった。

薄闇の中で見つめた秋本の横顔には、さまざまな感情が見えた。普通の高校生と同じく振る舞えない劣等感、親に理解されないもどかしさ、それでも抑え切れない――ピアノへの執着。

それを見つめながら、芽依は秋本がコンプレックスの塊のような人間なのだと感じた。

学校にいるとき、いつもどこか遠くを見る目をしてぼんやりとしていた秋本は、深刻な悩みとは無縁に見えた。しかしその裏ではおそらくいろいろなことに行き詰まり、苦しんでいたに違いない。

そう考えた途端、芽依の胸が強く締めつけられた。秋本はすごいのに、あんなにもすごい演奏ができるのに、なぜ劣等感ばかり抱えているのだろうと思うと、たまらなくなった。

(そのまんまの秋本で……いいのに)

溢れそうな想いを、どんな言葉で伝えたらいいのかわからない。芽依は複雑な気持ちで口を開いた。

「……もう学校に、来たくないの？」

芽依の問いかけに、秋本は複雑な表情になった。芽依は言葉を続けた。

「秋本にとっては、学校なんて……あんまり大事じゃない？」

——たとえそこに自分がいても、彼にとってはさして重要なものではないのだろうか。

そんなふうに考え、言葉を途切れさせた芽依を秋本はしばらく見つめていたが、やがて暗い窓の外に目を向けてポツリと言った。

「学校はともかく……資料室は好きだよ。寝られるし、静かだし」

押し黙ったままの芽依の気持ちを読んだかのように、秋本は言葉を付け足した。

「家にいて親にうるさく言われるより、ずっといい。あの資料室で二人でぼんやりしてるのは、全然嫌じゃないよ。むしろ……どこよりも落ち着く」

芽依は驚いて顔を上げた。意外な言葉に、思わずまじまじと彼を見つめてしまった。

（……それって）

言われた言葉を反芻し、芽依の心が期待に疼いた。

（それって、もしかしてわたしを――嫌いじゃないってこと？）

遠回しすぎてわかりづらいが、秋本も自分と会っていて楽しいのだろうか。――少しでも、一緒にいたいと思ってくれているのだろうか。

居心地の悪い学校の中で見つけた資料室という秘密の場所は、彼が唯一くつろげるところだったはずだ。そんな場所に自分を入れてくれたのは、実は彼にとってかなり特別だったのかもしれないと、芽依は唐突に気づいた。

（わたし、秋本が……好き）

こんなにも不器用で自信がなくて、でもピアノの腕はものすごい彼に、心惹かれている。

秋本と視線が合い、途端に芽依は目が離せなくなった。

（秋本が、少しでもわたしのことを好きなら……）

――彼のほうから、触れてほしい。芽依は祈るような気持ちでそう考えた。言葉じゃなくても態度で、秋本にとって自分が特別だと感じさせてくれたらうれしいのに――。

そんな気持ちが通じたのか、秋本はしばらく芽依を見つめると顔を寄せ、初めて彼のほうからキスしてくれた。

その瞬間、芽依は胸がぎゅっと締めつけられるのを感じた。乾いた唇がそっと触れる、たったそれだけのことに、心がどうしようもなく波立っていた。

それからも秋本は、休みがちながらも学校に来てくれた。二人で資料室の床に座り、ヘッドフォンではなくイヤホンをひとつずつ分け合って音楽を聴いたり、陽だまりの中でもたれ合って微睡《まどろ》んだり、たまにそっと舌を舐《な》め合うキスをした。

初めて秋本とセックスをしたのは、再び家を抜け出し、夜のスタジオにピアノを聴きに行ったときだ。キスをしているうちにいつもより互いの間の空気が濃密になり、思わず身体を硬くした芽依に、秋本がささやいた。

「——嫌？」

「そ、そんなことな……」

耳元にキスをするのと同時に胸に触れられ、芽依はドキリとして息を詰めた。薄暗いスタジオの隅での行為に、秋本は「こんなところでごめん」と謝った。

「本当はもっと、ちゃんとしたところでするべきなんだろうけど——我慢できない」

「……っ」

甘くひそめた声が蠱惑《こわく》的に聞こえ、芽依の頬がじんわりと熱くなった。伸びかけの髪の隙間から覗く秋本の顔は、ひどく整っている。普段は淡々としていて表情に乏しいのに、そのときの秋本は瞳の奥に熱が垣間見え、芽依は目が離せなくなった。

既に数え切れないくらいキスをしていて、その先に進んでみたいという気持ちは芽依も同じだった。服越しに触れていた秋本の手が服の中にもぐり込み、熱い息が漏れた。何度もするキスの合間に彼と目が合い、そのたびに胸がきゅっとした。

心臓が早鐘のように鳴っていて、芽依は全く余裕がない状態だったが、秋本は終始落ち着いていた。触れてくる手つきが細やかで優しく、それにどうしようもなく乱されつつも、芽依は頭の隅で考えていた。

（ひょっとして秋本は、初めてじゃないのかな……）

「……何？」

突然秋本に問いかけられ、芽依は慌てて「何でもない」と答えた。しかし次の瞬間、彼の手が下着越しに脚の間に触れ、ビクリと身体が震えた。

「っ、ぁ、っ……」

「――濡《ぬ》れてる」

触れられた下着の内側がぬるりと滑る感触がして、芽依はいたたまれず脚を閉じようとした。しかし秋本はそれを許さず、下着の横から中に指をもぐり込ませながらささやいた。

「……可愛い」

「あ……っ！」

ぬかるんだ蜜口を指でなぞられ、芽依の内ももが震えた。秋本の指は強引さのない動きで繰り返しそこをなぞり、やがて花芯にそろりと触れた。途端に甘い痺れに似た快感をおぼえ、芽依は思わず声を上げた。

「……っ……ぁっ……！」

尖《とが》り出したそこを、秋本は愛液を纏《まと》った指で何度も撫でてきた。そのたびに蜜口が熱く潤み、芽依の体温がじわりと上がった。同時に首筋も舐められ、ゾクゾクとした感覚が背すじを駆け上がる。

いつしか硬い床の感触も気にならなくなった頃、身体を起こした秋本が、ズボンの尻ポケットから避妊具を取り出した。

（……あ）

物珍しさに思わずまじまじと見つめてしまった芽依に気づき、秋本がチラリと笑った。

「――着けてるとこ、見たい？」

「えっ……、あ、そんな」

ベルトを緩める秋本に気づいた芽依は、慌てて首を横に振った。頬が急激に熱くなるのを感じつつ、余裕のある彼の様子に、頭には「やっぱり秋本には経験があるんだ」という考えが浮かんでいた。

（いつ？　どこの誰と……？）

チクリと心に痛みをおぼえたのも束の間、芽依の下着を脱がせた彼が脚に手を掛け、身を屈めてきた。

「痛かったら……俺の腕に爪立てていいから」

「……っ」

本当は心の準備がまだできておらず、「待って」と言いたかったが、言葉が出てこなかった。

押し入ってきたものは硬く、その圧倒的な質量に芽依は痛みをおぼえた。それまでのトロトロとした甘い感覚が一気に消え去り、思わず小さく呻くと、秋本はすぐに進む動きを止めた。

「ごめん、やっぱ痛いか」

全く濡れていないわけではないのに、初めてのせいか隘路《あいろ》はこじ開けられるような痛みを訴えていた。「やめる？」と秋本に聞かれ、芽依は急いで首を横に振った。

「や、やめないで……」

「でも、無理させたくはないし」

あっさりそんな提案をされ、芽依の中に悔しさがこみ上げた。

（秋本なんか……余裕な顔しちゃって）

自分はいっぱいいっぱいなのに、彼にとってはそうではないのだ。そう思うともどかしさと悲しさがない交ぜになった気持ちになり、芽依は秋本に言った。

「す、『好き』って言ってくれたら、痛くても平気……かも」

芽依の言葉を聞き、秋本がびっくりしたように言葉を失くした。その表情を見た芽依は、羞恥といたたまれなさで自分の頬が熱を帯びるのを感じた。

——何度キスをしても、こうして抱き合っても、秋本はまだ一度も「好き」と言ってくれていなかった。一方の芽依もはっきりと気持ちを言葉に出しておらず、その点ではお互いさまだといえなくもない。だが芽依の中には、「どうしても秋本のほうから言ってほしい」という切実な思いがあった。

（我が儘《まま》かもしれない……でも）

秋本から想われているという実感が、どうしても欲しい。

そんな切実さが眼差しに現れていたのか、芽依をじっと見つめていた秋本が、ふと表情を和らげた。整いすぎてどこか無機質な印象のある顔が思いのほか優しくなり、目を奪われた瞬間、秋本は手を伸ばして芽依の頬に触れてきた。

「——好きだよ」

「……っ」

「佐々木さんが好きだ」

頰に掛かる髪を指で払いながらそう言われ、芽依の目が潤んだ。それを見つめつつ、秋本が言葉を続けた。

「痛い思いをさせたいわけじゃないんだ。だから別に今は、無理に最後までしなくてもいいって思ってる。……佐々木さんには、誰よりも優しくしたいから」

そう言って秋本は腰を引き、途中まで挿入していた屹立《きつりつ》を抜いてしまった。芽依は慌てて言った。

「ま、待って。わたしもしたくないわけじゃなくて……あの」

「じゃあ触ってくれる?」

秋本は突然芽依の左手をつかみ、自分のものを握らせてくる。芽依は内心パニックになった。

（硬い……すごく熱い……）

初めて触れた異性のものは硬く熱く、思いがけないほど大きく感じた。気づけば芽依は、困惑しながらつぶやいていた。

「こ、こんなに大きいの、挿入《はい》んない……」

「そうかな、そんな馬鹿みたいに大きくは……まあ、標準より若干サイズは上かもしれないけど。あくまでも若干だよ」

まるで世間話でもするかのような淡々とした口調に、芽依の顔がじわじわと熱くなった。それを見た秋本が小さく笑い、芽依の手に自分の手を重ねて動かしてきた。

「動かして」

「でも……あの」

──男なら、やっぱり挿入したいものではないのか。芽依がそう思っていると、秋本はさらりと言った。

「佐々木さんが触ってくれるだけで、充分だから。手だけ貸してくれればいいよ」

芽依に自身を触らせたまま、秋本は芽依の身体のあちこちにキスを落としてきた。首筋と鎖骨を辿り、胸のふくらみから先端を吸われた瞬間、芽依の口から甘い声が上がった。舌先でなぞり、ときおり吸い上げる動きに疼くような感覚が生まれ、身体の奥がじんとした。

秋本の大きな手が芽依の肌を撫で、やがて脚の間に入り込んできた。ゆっくりと指を中に挿入され、先ほどの痛みを思い出した隘路が勝手にきつく異物を締めつけてしまう。しかし内壁をなぞるように繰り返し緩やかに動かされるうち、芽依の緊張が徐々に解けていった。奥から愛液がにじみ出し、ガランとしたスタジオの中に切れ切れの喘ぎ声とかすかな水音が響く。挿れる指を増やされたが苦痛はなく、おぼろげながら快楽を自覚した途端、隘路はますます潤みを増した。

そんな芽依の反応を見た秋本が、熱い息を吐いた。耳元にそれを感じ、手の中のものがさらに硬くなって、芽依の中で彼に対する強烈ないとおしさが募った。

芽依は秋本にささやいた。

「あ、秋本……」

「何？」

「さっきの続き――して」

秋本は驚いた顔で、「でも」と何かを言いかけた。それを遮って芽依は言った。

「秋本と、最後までしたいの。……だから」

――再び押し入ってきた屹立はやはり大きく、苦痛はあったが全部を受け入れることができた。重くずっしりとした質感に引き攣れるような痛みをおぼえ、浅い呼吸をしつつも、芽依は幸せだった。

「ぁっ……秋、本……」

「やっぱり狭いな。……痛い？」

「んっ、平気……あ……っ！」

身体の下に敷かれた服越しに、改めて背中にゴッゴッと床の固さを感じていたが、緩やかに抽送を開始されてすぐに何も考えられなくなった。薄闇の中で自分の上に覆い被さる秋本の上体を見上げながら、芽依は最奥まで入り込んでくるものに乱された。縋るものを求めて秋本の腕をきつくつかみ、名前を呼ぶと、彼は芽依の髪にキスを落として言った。

「佐々木さんは……初めてだから苦しいだけかもしれないけど。俺はずっと、こうして触れたくて仕方なかった」

「はっ、ぁっ……」

押し殺した声と自分を見つめる彼の眼差しに、芽依は普段はない熱を感じた。芽依の頭を腕に抱き込んで、秋本がささやいた。

「気持ちよすぎてヤバい。……もう少し激しくしていい？」

頷いた途端、抽送を激しくされて、芽依は喘《あえ》いだ。入り口がピリピリとした疼痛を訴えているのに、求められていると思うだけで身体の内側が熱くなった。涙目で喘ぐ芽依を見つめ、秋本がささやいた。

「……好きだよ」

「ぁっ……あっ」

「ここまで欲しいと思ったのは――佐々木さんだけだ」

「……っ……」

（わたしも……秋本が好き……）

初めてのセックスは全部が気持ちいいとまでは思えなかったものの、好きな人と体温を分け合う幸せを感じた。

行為を終えたあと、しばらくじっと考え込んでいた様子の秋本は、やがて意を決したように突然「あのさ、俺……」と何かを言いかけた。だが芽依が疲れ切ってぼんやりしているのに気づき、彼は苦笑いして髪を撫でてきた。

「……話はまた今度でいいか。佐々木さん、今はぼーっとしてるみたいだし」

「？　なに……？」

「何でもない」

　――しかしその後、家に帰った芽依は無断外出に気づいた両親からひどく叱責され、携帯を取り上げられてしまった。ちょうど家にいなかったあいだ、学校の担任からの電話で授業をときおり休んでいるのが報告され、それが高校三年の大事な時期だということも、両親の怒りを強くしたようだった。

　携帯は一時的に没収、学校が終わったら毎日真っすぐ家に帰り、当面は外出禁止――親から言い渡されたそんな罰《ばつ》を、芽依は受け入れざるを得なかった。親の庇護《ひご》下にある以上、怒られた内容は至極当然だ。それまで親を困らせたことがなかった自分の行動が彼らを不安にさせているのは、芽依には充分理解できた。

（携帯が使えなくても……秋本とは学校で会えるし、大丈夫だよね）

だがそう思っていた芽依の気持ちとは裏腹に、秋本はそれからぱったりと学校に来なくなってしまった。来ない期間が一週間になり、十日が経つ頃には、芽依の不安はピークに達していた。

（どうして学校に来ないの……？）

　何かあったのだろうか。それとも以前言っていたように、秋本は学校に来ることに意味を見出せなくなってしまったのだろうか。

彼に会いたいのに会う手段がなく、芽依は強い不安に苛《さいな》まれていた。携帯を親に取り上げられたため、秋本の電話番号がわからない。クラスには彼と親しい人間がおらず、人づてに調べることもできなかった。自宅の場所も知らない芽依は、ただ彼が学校に来るのを待っているしかなかった。

そうして会えなくなって半月ほどが経った頃、突然事態が動いた。昼休みの教室で外を眺めていたクラスメイトが、急に「あれ、秋本じゃない？」と声を上げ、芽依は驚いた。

――たまたまそのとき職員室に居合わせた生徒によると、私服姿で昼休みに学校に来た秋本は、何やらたくさんの書類を提出していたという。

その言葉を聞いた瞬間、芽依はドキリとした。さらに他のクラスメイトが「秋本は派手な女の車に乗ってきていた」と発言し、芽依はそれ以上教室にいることができず、逃げるようにトイレに駆け込んだ。

どうしようもなく、気持ちが混乱していた。

（書類って一体何の……？　秋本、まさか本当に学校辞めるつもりなの？）

なぜずっと学校に来なかったのか、退学するつもりでいるのか。――秋本を捕まえてそう聞きたいのに、そのときの芽依は動けなかった。もし彼が重大な決断をするなら自分に相談してくれるはずだと、芽依は漠然と考えていた。根拠のない自信だったが、それほど大事な話なら、秋本はちゃんと話してくれると思っていた。

それともそんな考えは、自分の独り善がりだったのだろうか。そう考え、芽依の胸は不安で張り裂けそうになった。

（一人で黙って決めるくらい……わたしのことは、どうだってよかったの？）

——秋本が好きだった。少しずつ時間をかけて、彼に近づけた気がしていた。誰も知らない秋本の顔を知って心惹かれ、彼も自分を好きでいてくれていると思ったからこそ、抱き合う行為にも躊躇いがなかった。

それなのに身体を繋げた翌日から会えなくなり、芽依の気持ちは揺らいでいた。あのときは「好きだ」という彼の言葉がうれしかったが、その後の素っ気なさを思うと、まるでその場しのぎの方便だったように感じて悲しくなった。

ひょっとすると秋本は、都合よくセックスできる相手を求めていただけなのかもしれない。もし本当に好きならば、抱き合った直後に顔を合わせるのを避けるような行動はしないはずだ。ましてや退学などという大事なことを、黙っているはずがない——そんな気持ちに苛まれて、芽依はいつまでもトイレから動けなかった。

秋本にとって、自分がたいした存在ではないのだと思い知ることが怖くて、会いに行けない。直接会って自分よりピアノを取るのだと言われたら、二度と立ち直れない気がした。しかし学校を辞めるということは結局そういう意味なのではないかという思いにかられ、芽依は雁字搦《がんじがら》めになった。

（……ひどいよ。このまま黙って、いなくなっちゃうつもりだなんて）

理不尽な行動に対する怒りと、それを凌駕《りょうが》する寂しさがごちゃ混ぜになり、芽依の心はズタズタだった。

――結局、午後の授業に出ず芽依がトイレにこもっているあいだに、秋本はそれきり姿を消した。担任からは「秋本はボストンに留学し、大学はそのまま向こうの学校を受験することになった。今後このクラスに戻ってくる予定はない」という報告があり、クラス中が驚きにどよめいた。

（留学……）

しかし騒ぎは一時的なもので、クラスメイトは元々休みがちで影の薄かった秋本を、たやすく忘れた。授業を休む理由がなくなった芽依は、また元の優等生に戻った。それから二カ月後に親から携帯を返してもらったが、電源を入れてみると秋本からは合計三回の着信履歴が残っていた。しかしそれを見た芽依は、ただ虚しさをおぼえただけだった。

確かに親に携帯を取り上げられ、連絡がつかなかったこちらも悪いのかもしれない。秋本は少なくとも数回連絡を取ろうとしてくれていて、学校に来なかったのも彼なりに何か事情があったというのも考えられる。

だが「今さらそんなことを知って、どうなるのだろう」としか考えられないくらい、過ぎた時間は芽依を疲弊させていた。秋本は芽依に一言もなく留学を決め、そして旅立った。

おそらくそれが彼の答えだ。芽依にとっての二カ月半は、いろいろ考えて葛藤し、長く苦しんだ時間だった。

（もう……終わったんだ）

いつしかそんな諦めの境地になり、芽依は考えるのを放棄した。きっと秋本は苦痛なだけの学校生活に見切りをつけ、自分のしたいことをするために留学を決断したに違いない。芽依の存在は学校生活のおまけみたいなもので、あの日一度身体を繋げて、彼はある程度満足したのかもしれなかった。

会えなかった時間は、秋本が自分の前からいなくなってしまったという動かしようのない事実を、そしてそれはもうどうしようもないのだということを、芽依に思い知らせた時間だった。

だから携帯が手元に戻っても、芽依は秋本に連絡しようとは思えなかった。終わり方があまりにもつらすぎて、芽依はその後すぐ携帯を解約し、番号も変えた。

（秋本のことなんか、もう……忘れよう）

芽依は熱に浮かされたように秋本が好きで、好きで、どうしようもないくらいに心惹かれていたが、彼にとってはそうではなかったのだろう。

しばらくは、思い出すたびにつらかった。秋本に対する恨みと捨てられた劣等感と、それでも消せない想いに懊悩《おうのう》する日々が続いた。

しかし決して癒えないと思っていた心の傷は、時間が薬となって徐々に薄まっていった。高校を卒業して大学に進学し、社会人になるまで、芽依は自分磨きに精を出し、数人と交際した。

夏川が「ジャズが好きだ」と発言したとき、秋本を全く思い出さなかったと言ったら嘘《うそ》になる。ただ彼の名前を思い出しても、もうさほど痛みは感じなくなっていた。——それくらい、七年五カ月の時間は長かった。

気づけば芽依の中で、秋本はすっかり「過去の男」になっていた。

（……それなのに）

どうして再び会ってしまったのだろう——と芽依は考える。自分の中ではもう、終わったはずだった。なのになぜ彼を見た瞬間、過去の痛みを昨日のことのように思い出してしまうのか。

呆然《ぼうぜん》とする芽依の前で、相変わらず表情に乏しい男は、それでも彼なりに驚いていたようだった。昔はもっと線が細く、少年っぽさが残る中性的な顔立ちだったが、今はその面影を残しつつもどこか気だるげな男の色気を漂わせている。

やがて秋本が、少し笑って言った。

「………久しぶり」

「………」

芽依はいつまでも動けず、ただ彼の顔を見つめることしかできなかった。

第2章

――彼女を見た瞬間、心臓が止まるかと思った。

秋本はただ呆然と目の前の佐々木芽依を見つめていた。あまりにも思いがけない再会に、名前を呼んだあとしばらく言葉が出てこなかった。

（こんなところで……会うなんて）

秋本がピアニストとして働く「ｂａｒ　Ｌａｒｇｏ」は、今年の一月にオープンしたばかりの、まだ歴史が浅いジャズバーだ。先ほどフロアでピアノを弾いていた秋本にはカウンターに座る芽依が見えていたものの、後ろ姿のため彼女だと気づかなかった。

芽依はサラリーマン風の人物と連れ立って来ていたが、何となく相手の顔色を窺《うかが》うような男の態度、そしてどこか頑なな芽依の様子で、秋本には二人がどんな話をしているのか想像がついてしまった。

（……別れ話か）

こうした店では、別に珍しい光景ではない。客からのリクエストが入っていなかった秋本は、そんな二人のためにあえてしっとりとした曲を演奏した。

「I loves you, Porgy」——そのスローな旋律を聴きながら、男が去っていったあとの彼女は涙を拭うしぐさを見せていた。少しでも失恋の痛手を慰められればいいと思いつつも、彼女を知らない人間だと思っていた秋本には、それ以上の感情はなかった。

しかしピアノの演奏後、カウンターで店長兼マスターの高田《たかだ》と話していた秋本は、何気なく彼女のほうを見て心底驚いた。

（何で……こんなところに）

芽依と会うのは、七年五カ月ぶりだった。高校三年のときにふとしたきっかけで親しくなり、ほんの短いあいだつきあった。——そして別れの言葉も言わず、自然消滅した。

思いがけない再会の衝撃から立ち直った秋本は、精一杯平静を装いながら言った。

「……少し話す？」

「あ……、うん」

彼女が曖昧な表情で頷き、秋本はカウンターの高田に「マスター、あっちの席ちょっと借りるよ」と声をかける。そして自分が飲んでいたジンロックと芽依のグラスを持ち、店の奥にある小さな目立たない席に向かった。

途中、顔見知りの客が話しかけてきたり、他のテーブルからもリクエストを書いたメモを渡されたりしたが、「あとでね」と答えて奥に進む。後ろをついてきた芽依を振り返り、秋本は言った。

「どうぞ。座って」

秋本に勧められるがまま、芽依は少しぎこちない動きで荷物を置くと椅子に座った。秋本は向かいの椅子に座って足を組み、革靴のつま先を見ながら切り出した。

「——七年半ぶり、かな」

わかっていたのにあえてぼかした言い方をすると、芽依が複雑な表情で顔を上げる。警戒されているのかと考えつつ、秋本は穏やかに問いかけた。

「元気だった？」

「……うん。元気だよ」

芽依が微笑んで答え、二人の間の緊張した空気が一気に和らぐ。彼女が言葉を続けた。

「秋本も元気そうだね。このお店で働いてるの？」

「うん。まあ、助っ人というか……こっちにいるあいだは、ここで弾いてる。店の立ち上げに呼ばれて、乗りかかった船で」

そこで突然、目の前にナッツとチーズが入った皿が置かれ、女の声が割り込んだ。

「計ちゃん、これ、マスターからサービスだって」

腰に黒いサロンエプロンを巻いた若いウェイトレスが、明るくそう告げる。カウンターに視線を向けると、マスターの高田が冷やかしの表情で目くばせしていた。秋本はウェイトレスに向かって言った。

「ありがと、マコちゃん。マスターにお礼言っといてくれる？」

「はーい」

去っていくウェイトレスの女の子を、芽依が困惑した顔で見つめている。彼女の前で「計ちゃん」などと親しげに呼ばれてしまったことに、秋本は若干の居心地の悪さをおぼえた。

「……俺が今住んでるのは、ニューヨークなんだけど」

気まずさをごまかすように、秋本は話し出した。

「こっちには三カ月前に帰ってきたんだ。――うちの両親が突然亡くなって」

芽依が「えっ？」とつぶやき、びっくりした表情で秋本を見た。無理はない――と秋本は思う。自分たちの年齢では、親が死ぬことはまだあまりリアルではない。

秋本は言葉を続けた。

「交通事故で、二人いっぺんに亡くなったんだ。日本から連絡が来て帰国して、それからいろいろ……葬儀やら相続の問題やらでしばらくこっちにいることになったから、ついでにこの店の手伝いをしてて」

「……そう、なんだ」

ご愁傷様です――と芽依がぎこちなく言う。秋本は少し笑って目を伏せた。

「家を出て以来、両親にはほとんど会ってなくて、本当はまだ亡くなったっていう実感がない。……我ながら薄情だと思うけど」

「そんな」

「佐々木さんは？　今何してるの？」

ジンロックのグラスを傾けながら聞くと、芽依は手元のグラスを握って答えた。

「わたしは……普通の会社員。建築資材の商社で、営業のサポートをしてるの」

「そっか」

秋本は胸ポケットから煙草を取り出し、何気なく一本咥《くわ》えて火を点けた。紫煙を吐いた途端、自分を凝視する芽依に気づき、慌てて口から煙草を離す。

「ごめん。煙、苦手だった？」

「あ、ううん、全然大丈夫」

彼女はそう答えたものの、秋本は「失敗したな」と考えていた。許可も得ずに煙草に火を点けた自分に、彼女は呆《あき》れてはいないだろうか。

しかし芽依は気にした様子もなく話を変えた。

「秋本はピアノを弾く仕事に就いたんだね、おめでとう」

「うん。おかげさまで……まあどうにか、食っていける程度にはね」

「留学――したんだよね？　アメリカに。それからずっと、向こうにいたの？」

さらりと切り出された質問に、秋本は思わず動きを止めた。しかしすぐに煙を吐き、伏し目がちに答える。

「……うん。何回か帰国したけど、ほとんど向こうにいた。大学を出たあとは、アーティストビザを取ってアメリカで活動してる。行った当初は大変だったよ」

「言葉の壁とか？」

「それもあったし、腕もね。俺程度じゃ凄も引っ掛けられなくて、ものすごく苦労した。向こうのお客さんは、耳が肥えてるから」

　何気なく答えを返しながらも、秋本の胸には先ほどの芽依の質問が突き刺さっていた。

——かつて秋本は、彼女の前から姿を消した。何も話せないまま終わってしまったため、芽依はこちらに対して思うところがあるに違いない。

（それとも……「今さらどうでもいい」って思ってるかな）

　そんなことを考えていると、芽依が続けて問いかけてきた。

「アメリカに一人で行って、不安じゃなかった？」

「一人っていうか、当時弾かせてもらってた店のオーナーの弟が——今この店のオーナーなんだけど、そのときボストン在住だったんだ。彼が『留学するなら、全面的にバックアップする』って申し出てくれたから、そんなに不安ではなかった」

　それからしばらく、アメリカ暮らしについてのあれこれを話した。芽依はときおり驚いたり、笑顔を見せつつ、秋本の話を熱心に聞いてくれた。傍から見れば自分たち二人は、旧友が久しぶりに会って話に花を咲かせているように見えるだろう。

　話しながら、秋本はさりげなく芽依を観察する。

　七年五カ月ぶりに会った彼女は、以前とは少し印象が変わっていた。高校時代の芽依は絵に描いたような優等生で、黒髪のセミロングヘアにスカートが若干短いくらいの、派手さのない容姿だった。しかし今の彼女は栗《くり》色になった髪が肩口で緩やかに揺れ、肌や爪の先まで抜かりなく手入れが行き届いている。服装は清楚《せいそ》だがきっちり流行を押さえていて、美意識の高さを感じさせた。

　決して濃くはないメイクが甘さのある顔立ちを引き立て、男がつい目を向けてしまう雰囲気を醸《かも》し出している。それでも高校時代の面影は確かに残っており、秋本には一目で彼女だとわかった。

（俺は……）

　複雑な気持ちを持て余し、秋本は芽依から視線をそらして脚を組み替える。

　彼女の変化に、秋本はシクリとした胸の疼きをおぼえていた。七年以上も経ったのだから、芽依が変わったのは当たり前だ。それなのにすっかり大人の雰囲気を身に着けた彼女を前にして、ひどく落ち着かない気分になっていた。

　そこで先ほどのホールのウェイトレスが、再び席までやってきた。

「お話し中にごめんねー、計ちゃん。またリクエストきてるよ」

ウェイトレスが、折り畳んだメモを渡してくる。

秋本はそれを受け取り、中を開いてチラリと眺めた。先ほどもらったリクエストもあるため、そろそろ仕事をしないとまずい。そう考えた秋本は、芽依に言った。

「ちょっと仕事してくる。いい？」

「あ、うん。もちろん」

芽依が頷き、立ち上がった秋本は、フロアの中央にあるピアノへ向かう。

胸のざわめきは、再会した当初より今のほうが強くなっていた。後ろ髪引かれる気持ちになりながら、ピアノの前に座った秋本は手元の鍵盤に意識を切り替えた。

＊　＊　＊

店内は客が談笑する声やカトラリーの音など、ざわめきで満ちている。

当たり障りのない会話をしつつも、芽依には自分と秋本が互いに核心に触れないよう、あえて「大人」の対応をしているのがわかっていた。

フロアの中央にあるピアノに向かった秋本の後ろ姿を、芽依は黙って見送る。水滴がついたグラスの中で氷がカラリと音を立て、それを一口飲んだ。手の中のグラスを強く握り、芽依はじっと目を伏せる。

（大丈夫……。ちゃんと話せてる）

本当はひどく動揺していたことは、秋本に気づかれていないはずだ。気づかれたくない一心で、芽依は必死に表情を取り繕っていた。

数年ぶりの秋本との再会は、芽依に思いのほか強い衝撃を与えていた。高校三年のとき、ほんのわずかなあいだつきあった彼との過去は、芽依にとっては思い出したくない苦い記憶だった。

秋本はこの店で、ピアノを弾いているのだという。帰国したのは三カ月前で、そのきっかけが両親の事故死だというのには驚いた。しかしそれと合わせて芽依がショックだったのは、かつて自分の前から黙っていなくなった彼が、ごく穏やかに過去の話をしたことだった。

（秋本は、あのときのことを……何とも思ってないの？）

――秋本に黙っていなくなられた高校三年生のとき、芽依は深く傷ついた。しかし彼にとっては些末《さまつ》なでき事だったのかもしれないと感じ、芽依の心の奥底がズキリと痛んだ。

動揺をどうにか表情に出さずに済んだのは、半ば意地のようなものだ。秋本がさらりと何でもないことのように留学後の暮らしについて語ったのにも、本当は傷ついていた。だが芽依は、表面上は至ってにこやかに彼と話を続けた。

秋本と話しながら、芽依は困惑を深めていた。彼が昔より格段に大人っぽくなったのは再会した当初でわかっていたが、変わったのは外見だけではなかった。高校時代は学校に来ても誰とも話さず、いつも資料室で授業をさぼってばかりだった秋本は、対人スキルが極端に低かった。しかし今の彼は、周囲の人間と笑顔で会話し、大人の如才なさを身に着けたように見える。

（そうだよね。アメリカに行ったんだから……昔のままでいられたはずがない）

以前よりずっと社交性が増した秋本とは、会話が途切れなかった。話しているあいだ中、芽依は精一杯楽しそうな表情を作りながらも、内心いたたまれなさをおぼえていた。身の置き所のない気持ちは、彼と話をすればするほど強まっていった。

だがそれはきっと、仕方がないことなのだろう。過去に何があろうともうかなりの時間が経ってしまい、変化があるのは当たり前だ。たとえギャップを感じたとしても、わずかな会話で埋められるはずがない。

再会は偶発的で、互いに意図したものではなかった。たまたま会った懐かしい人間と、少し近況を話しただけだ。――だからもういい。

（このまま……帰ろうかな）

そう思った瞬間、ふいにピアノの音が鳴り響き、芽依は顔を上げた。

秋本が弾き始めたのは、印象的なフレーズが有名な「My Favorite Things」――ミュージカル「サウンド・オブ・ミュージック」に出てくる一曲だ。

久しぶりに聞く彼のピアノは、相変わらず雄弁だった。抑え気味の演奏からの盛り上げ方が上手い。ピアノの前に座った秋本の姿は端正《たんせい》で、気づけば芽依は鍵盤を叩く彼に目を奪われていた。

（……かっこいい）

周囲を見回すと、数人の女性客が秋本を見つめ、ヒソヒソと話しながら色めき立っている。それを目の当たりにした芽依は、複雑な気持ちになった。秋本がこうして注目を集める姿が昔からは考えられず、どんな顔をしていいのかわからない。

秋本は音符で埋め尽くすような重い演奏はせずに、基本のメロディーラインを大切にしながら、見せ場にはぐっとくるアレンジでそのテクニックを発揮する。思わず聴き入ってしまった芽依は、徐々に彼のピアノに心を鷲掴《わしづか》みにされていくのを感じていた。

やはり昔も今も、秋本のピアノが好きだと思う。

（秋本は昔から、こういう切ない曲が上手いよね……）

続いて彼は、繊細でドラマチックな「A Time For Love」を奏で始めた。美しい旋律の中に静寂と力強さが同居していて、気づけばフロア中の客が談笑をやめ、息をひそめて秋本のピアノに聴き入っている。

秋本の演奏には、人を惹きつける華があった。ＢＧＭとしての演奏と聴かせるための演奏を、明確に切り替えている。ＢＧＭとして演奏しているときももちろん手は抜いていないのだろうが、彼が聴かせようと意識してやる演奏には、思わず誰もが聴き入ってしまうだけの強い力を感じた。単に音量の問題ではなく、それが長くアメリカで揉《も》まれてきた彼の実力なのかもしれない。

（……もう、帰ろう）

演奏はまだ途中だったが、芽依は思い切って席を立った。バッグと上着を手に足早にカウンターに向かい、会計を済ませて外に出る。

三月も末で春は目前とはいえ、夜の空気は昼の暖かさの名残を残さずひんやりとしていた。吹き抜けるかすかな風に髪を乱されながら、芽依は駅までの道をうつむいて歩く。

心が千々に乱れて、どうしようもなかった。どうして今日、秋本に出会ってしまったのだろう。――どうして彼と、話をしてしまったのだろう。そんな後悔にも似た思いが胸に渦巻いて、仕方がなかった。

（何であんなに、大人っぽくなっちゃったの……？　何で煙草とか吸ってるの）

きつい酒を飲む姿が、様になっていた。昔よりしっかりした体型になって、声は少し低くなり、かつてのボソボソとした喋《しゃべ》りではなく明瞭《めいりょう》に話すようになっていた。

店のマスターやウェイトレスの女の子とも普通に会話していたのを思い出し、芽依の中に苦い気持ちがこみ上げる。何もかもが自分が知っていた秋本とは違っていて、芽依はどうしてもそれに違和感をおぼえずにいられなかった。

——七年五カ月。彼と離れていたこの歳月は長い。一緒にいたときは互いに高校生だったが、芽依はその後大学に進学し、普通の会社員になった。

片や秋本は高校三年の途中で留学し、向こうの大学の音楽課程に進んで、ピアノの演奏で生きていくだけの実力を身に着けた。きっとそのあいだ、さまざまな苦労をして複数の異性ともつきあったに違いない。

彼だけが、昔のままでいられるはずがない。わかっているのにその変化を受け入れられないのは、きっと芽依の我が儘なのだろう。自分の知っている、かつての秋本にこだわっているだけなのだ。

（そうだよ。秋本がどんなに変わってたって……わたしにはもう関係ないんだから）

そう思った途端、芽依の目にじわりと涙が浮かんだ。本当は彼に、聞きたいことがあった。しかしそれは口に出せず、結局逃げるように店を出てきてしまった。

忘れようと苦しんで、何度も心の奥底に沈めた問いかけ。

（秋本、何であのとき何にも言わずに、いなくなっちゃったの……？）

好きで好きで、だからこそ捨てられた事実がつらくて、気持ちを心に深く沈めて忘れようとした。時間が経って、ようやくその傷も癒えたと思っていた。

（それなのに……）

「——待って！」

突然後ろから大声が響くと同時に強く手首をつかまれ、芽依は驚いて足を止めた。振り向くと上着も着ずに息を乱し、まるで急いで追いかけてきたかのような白いシャツ姿の秋本が、そこに立っていた。

*　*　*

店でピアノを弾くのが仕事の秋本は、勤務時間中は客からのリクエストを随時有料で受け付けている。大抵の曲は暗譜しているため、普段から譜面の用意は特にしていない。

思いがけず再会した芽依との話を中断し、客からのリクエストを消化するべくピアノの前に座った秋本は、しばらく演奏に集中していた。しかし二曲目を弾いている途中、芽依が席を立つのが見えて、秋本は内心舌打ちした。

このまま彼女を逃がしてしまったら、もう二度と会えない気がする。高校三年のときに留学して以来、数回日本に戻る機会があったが、そのたびに秋本はかつて何も話せないまま終わってしまった芽依のことを思い出していた。

会って話をしたい気持ちは、心に強くあった。だがあんな別れ方をしてしまった以上、彼女はこちらに対して怒りを抱いているかもしれない。ましてや連絡を取る手段もなく、やはりこのまま終わるしかないのだと考えていた。

今日偶然再会できたのは、本当に奇跡に近い確率だと思う。彼女と会話をしたのは、ほんの十分ほどだ。それなのに心はたやすく当時に逆戻りしてしまい、秋本は芽依のことしか考えられなくなっていた。

リクエストの曲をきっちり弾き終え、客からの拍手を聞きながら、秋本は立ち上がる。フロアを横切り、大股《また》でカウンターまで来たところで、高田が驚いたように「計？」と声をかけてきた。

「――ごめん、悪いけど今日はもう帰る」

「へっ？」

「時給はさっきまでの分でいいから」

店の外に出た秋本は、辺りを見回す。芽依の姿は既になかったが、向かうのは駅だと思い、走り出した。

彼女を追う資格があるのかという思いや、かつての自分の行動に対する後ろめたさが、胸の中に渦巻いている。それでも追わずにはいられない秋本は、道行く人を掻《か》き分けて駅に向かって全力疾走した。

（――いた）

地下鉄の駅の手前、行き交う人々の隙間に、うつむきがちに歩く後ろ姿があった。追いついた秋本は、背後から彼女の手首をつかんで強く引いた。

「――待って！」

「……っ」

芽依がびっくりした様子で足を止める。自分に声をかけてきたのが秋本だと知った途端、彼女は一瞬ばつが悪そうな表情を浮かべた。

息を乱した秋本は、彼女に問いかけた。

「……何で黙って帰るの」

「………」

まさか秋本が追ってくるとは思わなかったのか、芽依が困惑した顔になる。やがて彼女は、曖昧に笑って答えた。

「……ごめん。演奏中に悪いかなとは思ったんだけど、わたし、明日も仕事だから」

「何か俺に言いたいことはないの？」

鋭く切り込む口調で、再度秋本は問いかける。途端に芽依が、言葉に詰まった。それまで浮かべていた笑みが消え、彼女は目まぐるしく何かを考えているようだった。

「………ないよ」

芽依は笑おうとして失敗した顔をしていた。答えを聞いた秋本の中に、失望とかすかな苛立ちがこみ上げる。

（……ないはずないだろ）

今さらこんな質問をするのは、確かに迷惑かもしれない。過去につきあっていた自分たちは、決してきれいな別れ方をしたわけではなかった。ひょっとすると芽依には忘れたい過去だったのかもしれず、だとすればこんなふうに蒸し返されるのは煩わしいだけだろう。

(それでも……俺は)

芽依が居心地悪そうに、つかまれた手首を解こうとする。その様子を見た秋本は、逃がすまいと握る力を強めた。彼女がじわじわと顔をこわばらせ、押し殺した声で言った。

「――言いたいことなんて、何もないよ。だってわたしたち、もうとっくに終わってるよね？　……高三のときに」

「……っ」

明確に言葉にされ、秋本は返答に窮した。

彼女の言うとおりだ。つい先ほどまで、自分たちは互いに大人の態度で振る舞っていた。かつての別れには一切触れず、まるで久しぶりに会った友人のように当たり障《さわ》りのない話題で――しかしそれで終わらせることは、秋本にはどうしてもできなかった。

こみ上げる衝動のままに追いかけてきたが、芽依は秋本の詰問口調が癇《かん》に障ったらしい。彼女は顔を上げ、秋本を見つめて言った。

「秋本が……勝手にアメリカに行っちゃったくせに。わたしの前から、黙っていなくなったくせに。――なのに何で今さら、そんなこと聞くの」

秋本がたじろいだ瞬間、芽依はもう話はないとばかりにつかまれたままの手を振りほどこうとした。秋本が離さずに力を込めると、彼女はカッとした表情で言った。

「とっくに終わった話を、今さら蒸し返したって仕方ないでしょ。つかむのやめて。この手、離してよ……！」

「俺は……！」

声を荒げた芽依に煽《あお》られ、秋本は彼女より大きな声で言った。

「俺はあのとき、何度も電話した！　出なかったのはそっちだ！」

秋本の大声に芽依が目を見開き、動きを止める。そのときふいに、通りすがりの中年サラリーマンが茶化す口調で話しかけてきた。

「おいおい何だ、喧嘩《けんか》か？　姉ちゃん、そんな怒鳴る男なんか放っといて、俺と飲みに行こうよ。よく見たら可愛いし」

「えっ」

突然男に手を伸ばされた芽依が動揺し、怯えたように秋本に身を寄せてくる。秋本は舌打ちして酔ったサラリーマンの手を振り払った。

午後九時を過ぎると、歓楽街は徐々にこうした酔客が多くなってくる。秋本は男を見下ろすと、吐き捨てる口調で言った。

「――《消えろ》」

なってた。

「《人の女にちょっかい掛けんな。クソ酔っ払い》」

あえて英語で罵倒すると、サラリーマンが目に見えて狼狽《ろうばい》する。男はしどろもどろになって言った。

「な、何だよ、ガイジンみたいに……日本語で話せっつーの」

秋本がなおも睨みつけると、男は鼻白んだ様子でモゴモゴと何かをつぶやき、去って行った。

秋本はため息をついた。思いがけない邪魔が入ったが、おかげで芽依との間の緊張が少しトーンダウンした気がする。男が去っていくのを安堵の表情で見送っていた芽依が、気まずい表情で秋本から離れた。

そして彼女は気を取り直した様子で、「……あの、さっきの話だけど」と口を開いた。

「どうしてあのとき……メールをくれなかったの？　せめてメールくれてたら」

「――メールで話すようなことじゃないと思ったからだ」

芽依を見つめ、秋本は答えた。

「直接話をしたかった。あのときはいろいろゴタゴタしてて、学校に行けなかったし――でも、ひょっとしたら嫌われたのかなと思って、あれ以上しつこくできなかった」

「嫌われた？」

「……ヤった直後だったろ。そっちが連絡取れなくなったの」

芽依が目を丸くし、まじまじと秋本を見る。その眼差しにばつの悪さをおぼえた秋本は、彼女から視線をそらした。

初めて芽依と抱き合った直後、彼女とは突然連絡がつかなくなった。携帯の電源が切られていて、何度電話をしても芽依はかけ直してこなかった。だから秋本は、それがあの日のでき事に対する彼女の答えなのだと思っていた。

「……あの……」

芽依がおずおずと切り出してくる。秋本は「何?」と言って彼女を見下ろした。芽依は少し臆した表情で言った。

「実はあのとき……わたし、親に携帯を取り上げられてたの。夜、黙って家を抜け出してたこととと、授業をさぼってたのがばれちゃって。……返してもらったのは、二カ月半後だった」

「……二カ月半後?」

芽依の言葉を復唱し、秋本は呆然と彼女を見つめる。――当時電話に出なかったのは、彼女が連絡を取るすべがなかったからだというのだろうか。

芽依が頷いて言った。

「だから電話に出なかったのは、わたしが秋本を嫌ってとか、そういう理由からじゃないの。携帯を取り上げられたときは動揺したけど、秋本とは学校で会えるから大丈夫って思ってた。でも急に来なくなって——わたし、すごく不安になった。だって家も知らないし、メルアドや電話番号も、携帯が手元にないとわからなくて……。そうして学校に来るのを待つしかなくてやきもきしてたら、突然秋本が女の人の車で学校に来て、先生から留学することになったって聞いて」

「…………」

まさかそんな事実が隠されていたとは知らず、秋本は言葉を失った。……てっきり芽依はこちらのことが嫌になって、自ら連絡を絶ったのだと思っていた。

芽依が自棄《やけ》になったように言葉を続けた。

「だからそのとき、秋本はわたしのことなんかどうでもいいんだって……思ったんだよ。秋本には夢とか目標があって、そのためには留学までできちゃうんだって考えたら……携帯が手元に戻っても、電話なんてできなかった。黙っていなくなったのが、秋本の答えなんだって感じてたから」

＊　　＊　　＊

話しているうちに当時の悲しみがよみがえり、芽依は次第に虚しさをおぼえていた。どうして自分は今、人が行き交う往来でこんなことを必死に訴えているのだろう。——たとえ過去の別れの原因がお互いの誤解だったとしても、もうどうしようもないのに。

秋本がわざわざ自分を追いかけてきたと知ったとき、芽依は戸惑った。店は、演奏はどうしたのだろう。まさか途中で、放り出してきてしまったのだろうか。

そんな疑問を口にしようとした瞬間、秋本は突然「何か言いたいことはないのか」とこちらを問い詰めてきた。どこか怒ったようなその口調に、芽依の中でじわりと苛立ちが募った。

秋本に言いたいことは、かつて山のようにあったはずだ。しかし結局、何も言えないまま終わってしまった。

(でも、今さらそれを蒸し返して……何になるの)

自分の手首をつかむ秋本の大きな手を、芽依はじっと見つめた。この手がつい先ほどまでピアノを演奏していたのだと思うと、不思議な感じがした。

昔も上手かったが、今の秋本は本当にすごい演奏をするようになった。会わなかった歳月、きっとアメリカで血のにじむほどの努力をしたに違いない——そう思わせるくらい、店での彼の演奏は素晴らしかった。

そしてこの手が初めて自分の身体に触れた手だと思った途端、芽依の心には懐かしいような、苦い気持ちがこみ上げた。

——昔の話だ。あれから本当に、長い時間が経ってしまった。お互いとうに高校生ではなくなり、二十五歳の社会人だ。それに秋本が変わったのと同様に、芽依も昔とはだいぶ印象が違うだろう。少なくともあの頃ほど純情ではなくなって、男とつきあうのに慣れた自覚がある。

（そうだ……さっき章吾さんと別れたんだっけ、わたし）

芽依は自嘲《じちょう》して苦く笑い、小さく息を吐いた。

こんな往来でヒートアップして声を荒げたのが、急に馬鹿馬鹿しくなってくる。おかげで通りすがりの酔っ払いにまでからかわれてしまった。

今さらむきになって主張しても、過去は何も変わらない。ならばこれ以上は、何を話しても無駄ということだ。

（もう……帰ろう）

「ごめん、勢いでいろいろ言っちゃったけど、もうとっくに終わった話だよね。過去に行き違いがあったとしても、今さらどうしようもないんだし。……だから」

だから、もういいよ——目をそらしてサバサバとそう続けようとした芽依を遮《さえぎ》り、秋本がボソリとつぶやいた。

「……過去のことじゃない」

秋本の言葉が聞こえなかった芽依は、思わず聞き返した。

「えっ？」

「今日、一緒にいた男は？　先に帰った奴」

「あ、あれは……」

言いよどんだものの、鋭い口調にごまかすこともできず、芽依は歯切れ悪く答えた。

「彼氏、だった人だけど……。別れたの、今日」

「そっか。じゃあいいな」

言うなり秋本は突然芽依の手をつかみ、大股に歩道を歩き出す。急に引っ張られた芽依は驚き、少しよろめきながら彼の背中を見上げた。

「秋本？　あの、一体どこに……」

「続きは俺ん家で話そう」

秋本は路肩に停車していた客待ちのタクシーに歩み寄り、芽依を強引に押し込んだ。あとから乗り込んできた彼が運転手に住所を告げると、タクシーはすぐに発車する。

あまりに急な展開に芽依は唖然とし、秋本の顔を見た。

「ちょっ……何でいきなり秋本の家なの？　それよりお店は」

「リクエストはこなしてきた。今日はもう終わり」

「話すことって……別にもう何もないでしょ？　わ、わたし、明日も仕事があるし、遅くなったら困る……」

「——すぐ着くよ」

会話を断ち切る口調で短く答え、秋本は黙り込んでしまった。彼の発する空気に気圧された芽依は、それ以上何も言えなくなる。

タクシーは街中から少し離れた住宅街に向かっているようだった。芽依は気まずくシートに背を預け、落ち着かない気持ちで車窓を流れる景色を見ていることしかできなかった。

住所を聞いて予想していたとおり、タクシーは十五分ほど走ったのち、街の中心部から少し離れた高級住宅街で停車した。降りて辺りを見回すと、近隣はどれも立派な造りの豪邸ばかりだ。ひんやりとした夜風に舞い上げられた髪を押さえ、芽依は目の前の家を見つめて問いかけた。

「秋本、ここって……」

「俺の実家。今は独りで住んでる」

秋本の両親は二人とも医師で、病院を経営していると聞いていた。確かにそんな人々が住んでいたのなら、これだけの豪邸が実家だというのも頷《うなず》ける。だが今はその両親が亡くなり、秋本一人で住んでいるのだと思うと、この大きさを寒々しく感じた。

(寂しい……よね、やっぱり。ご両親が亡くなって、まだ日が浅いんだし)

「入って」

促されて足を踏み入れると、玄関だけでかなりの広さがあった。庶民の感覚しか持ち合わせていない芽依には、気後れしてしまうような家だ。「お邪魔します」と小さくつぶやいた途端、そんな声すら吹き抜けのホールに反響する。

屈んで脱いだ靴を揃える芽依の心に、ふと戸惑いが浮かんだ。

（わたし――こんなところまで来て、一体何やってるんだろ）

「話をしよう」と秋本に言われたが、特に話すことはないような気がする。先ほどの話し合いで、過去の別れは互いの誤解が原因だとわかったが、もう七年以上も前の話だ。それとも自分はあのとき電話が繋《つな》がらなかったことを、改めて秋本に謝るべきなのだろうか。

（でも……）

悶々と考えているうちに、リビングダイニングに通される。

中に足を踏み入れた芽依は、驚いた。二十畳を超す広さの殺風景なリビングの真ん中に、黒光りするグランドピアノが一台置いてある。壁際には大きなL字ソファとテーブルがあるものの、他に目立った家具らしきものはない。

かつて両親がピアノを処分したと言っていたため、おそらく秋本が一人になってから搬入したのだろう。見事にピアノしかない空間はガランとしてどこか寂しく、同時にひどく秋本らしいような気がした。

「……すごいね。立派なピアノ」

明かりを点けないのも、やはり昔からの癖なのだろうか。リビングのカーテンは開け放され、外から薄明かりが差し込んでいた。何となく秋本が練習していたスタジオに雰囲気が似ているように感じて、芽依は少し懐かしく思った。

「このピアノ、昔この家で俺が使っていたものなんだ」

キッチンカウンターの上に家の鍵とスマートフォンを置きながら、秋本が答えた。

「高校のときに、処分されたと思ってたやつ。……両親が亡くなって、残された書類をいろいろ調べてたら、貸し倉庫にこれが預けてあるのがわかった。俺との大喧嘩の末に業者を呼んでここから運び出したとき、二人ともカンカンに怒ってたし、とっくに売ったと思ってたんだけどな」

「ご両親、そこまでできなかったんじゃない？　だって秋本が一番大事にしてたものなんでしょう？」

「どうだろう。単に売るタイミングを逃して、預けっ放しだっただけなのかも。あの人たちは最後まで、俺がピアノをやることに反対してたから」

――両親が亡くなってしまった今、その真意はもう誰にもわからない。ただ秋本の両親は、彼らなりに秋本の行く末を心配していたのではないかと芽依は考えた。

たとえピアニストを目指しても、成功できるのは一握りの人間だ。不安定な希望より堅実な人生を歩ませたいと思うのも、きっと親心だ。

しかしその一方で、親だからこそ、秋本が大事にしていたこのピアノを処分することができなかったのかもしれないとも思う。ひょっとすると彼らは、息子から強引に夢を取り上げた自分たちの行動に、後ろめたさを抱いていたのではないだろうか。

芽依が言葉を選びながらそう言うと、秋本は目を伏せて小さく笑った。

「そうかな。……そうだといいな」

かつての秋本が、普通の高校生と同じく振る舞えない自分に劣等感を持っていたのを芽依は思い出す。そして唐突に、それは両親への負い目であったのかもしれないという考えが頭に浮かんだ。

大人になった今も、秋本は彼らの望むような息子になれなかったのを後悔しているのだろうか。そう思いながら、芽依は薄明かりの中、そっと彼を見つめる。――自分がよく知る「秋本計」に、ようやく出会えた気がした。

（繊細で――ピアノにしか興味がなくて……）

――実はコンプレックスの塊だった、秋本。

あんなにすごい演奏ができるのに、見た目はだいぶ変わったように見えるのに、今も昔のままの繊細な部分が残っていることに、芽依は少しホッとする。

ただひたすらすごい人になってしまったら、自分のような凡人はもう近づけない。そう考えて、ふと芽依は動揺した。

（近づくって……わたし、何考えて）

「――七年半前、俺は」

キッチンに向かった秋本が冷蔵庫から水のボトルを出し、キャップを開ける。そして突然切り出した。

「急にアメリカに行くチャンスがきて……それに乗るしかないと考えた。いろんな条件からいっても、そのときを逃したらしばらくは行けないと思った」

＊　＊　＊

ピアノの前に立っていた芽依が、ドキリとしたように秋本を見る。秋本は話を続けた。

「向こうに行くなら、親の希望する医大に進学するのは無理だ。それで両親と大喧嘩になって、後見人になるのを申し出てくれた人を交えて話し合いをした。結局は親が折れる形で、最後に『勝手にしろ、でも援助は一切しない』って言われて……。渡米までできるだけ金を稼ぐため、昼夜問わずいろんなバイトを入れまくったから、学校に行く暇がなくなった」

――当時のことを、秋本は思い出す。両親は息子を医者にして、自分たちの病院を継がせることが当然だと考えていた。しかし全くそのつもりがなく、塾に行くどころかジャズバーでピアノを弾くアルバイトを始めた秋本に、両親はひどく怒り、それまで与えていた小遣いをストップした。

彼らに反対されてもいずれアメリカに行こうと考えていた秋本は、夜のバイトを辞めず、昼にもときおり単発のバイトを入れて、コツコツと金を貯め続けた。睡眠不足は学校の資料室で寝て補っていたが、そんな折、バイト先のジャズバーのオーナーから「アメリカに行きたいなら、口利きしてやってもいい」と言われた。

そうして紹介されたのが、今働いている「ｂａｒ　Ｌａｒｇｏ」のオーナー、土岐謙三《ときけんぞう》だ。彼はジャズに対する造詣《ぞうけい》が深く、秋本が弾くピアノを聴いた途端、その腕前を大絶賛した。ボストン在住だった土岐に「アメリカに来る意思があるなら、ぜひ力になりたい」と言われ、彼の協力で留学を実現できることになった秋本は、大学の音楽学部への進学を目的に十八歳で渡米した。

「どうして……言ってくれなかったの？　わたしにそれを言う機会は、いくらでもあったはずなのに」

目を伏せた芽依が、そう問いかけてくる。秋本は答えた。

「言うつもりだったよ、初めてヤったとき。結局言いそびれたけど……あのときはまだ、会う機会があると思ってたんだ。電話さえ通じれば」

秋本の言葉を聞いた芽依が、罪悪感をおぼえたのか表情を曇らせる。それを見た秋本は、自分の発言を後悔した。

（今の言い方は……卑怯《ひきょう》だ）

まるで芽依一人に責任を被せるような、ずるい言い回しをしてしまった。そう思い、すぐに撤回した。

「ごめん。確かに話そうとしたけど、あのときの俺は、あえてそれを先延ばしにした部分もあったように思う。アメリカ行きを話したときの佐々木さんの反応を想像すると、いろいろとネガティブなことばかり考えて……言い出しづらかった」

——あの日の秋本は、アメリカに行くのを黙ったまま芽依を抱いた。最初に留学の話をしたら「じゃあもう終わりだね」と言われるかもしれないと考え、それでもどうしても彼女が欲しくて、手を出した。

「その後、急に電話が通じなくなって……肝が冷えた。ヤった直後だったし、本当は嫌だったのかなとか、無理させたのかなとか考えて、でも学校に行く暇がないまま時間だけが過ぎて——半月後に留学の手続きをしに学校に行った」

諸々の手続きを終えて渡米の日が迫っても、秋本は最後まで迷っていた。向こうに行きたいという自分の希望が叶うはずなのに、後ろ髪を引かれて仕方がなかった。

秋本は苦く笑って言った。

「佐々木さん。あんたと話せないままアメリカに行くのが……俺はずっと心残りだった。本当は、会ってどうしても言いたかったんだ。——俺が帰ってくるまで待っててほしいって」

「……えっ？」

「おかしいよな。本当は、そんなこと言う資格なんて……俺にはなかったのに」

自嘲を込めてつぶやくと、芽依が困惑した表情を浮かべる。秋本には、彼女を縛る権利はなかった。もしかしたら触れる権利すら、最初からなかった。それなのに手を伸ばしてしまったのは、秋本にとって芽依が初めて心を動かした相手だからだ。

幼い頃から、秋本の興味の対象はピアノだけだった。あまりにものめり込みすぎて親が心配するくらいで、実際秋本の対人スキルは昔から極端に低かった。芽依だけだった――一緒にいて楽しいと思い、「好きだ」という恋情を自覚したのは。

じっと考え込んでいた様子の芽依が、小さな声で問いかけてきた。

「秋本は……高校のとき、わたしのことが好きだった？」

秋本は笑って答えた。

「好きだったよ。好きじゃなきゃ、一緒にいられない。俺は気難しいほうだし、昔から他人の気配が苦手だったから……一緒にいて苦じゃないのは、佐々木さんが初めてだった」

秋本の言葉を聞いた芽依が、ぎゅっと顔を歪める。

当時携帯を親に取り上げられ、それきり秋本と連絡が取れなくなった彼女は、ひょっとしたら「遊ばれた」と考えていたのかもしれない。自分の行動が彼女に不信感を与え、そして結果的に傷つけてしまったのだと改めて自覚し、秋本は苦い気持ちになった。

秋本は話を続けた。

「あのとき俺は、佐々木さんと連絡が取れなくなった理由をずっと考えてた。でも考えれば考えるほど、直接話して拒絶されるのが怖くなって……あれ以上電話できずに、そのまま渡米したんだ。ボストンに行って数カ月して、もう一度連絡を取ろうとしたときには、既に番号が変わってた」

芽依がうつむき、目を伏せる。じっと考え込んでいた彼女は、やがて顔を上げた。

「……秋本、あのね」

「――でも、忘れたことはなかった」

芽依が何か言いかけるのを遮り、秋本ははっきりそう告げる。彼女は驚いたように言葉をのみ込み、こちらを見つめた。秋本は言葉を続けた。

「俺の中では終わってない。今も顔を見たら、やっぱり好きだと思う。だから今日はどうしても、あのまま帰すことができなかった。演奏が終わって、慌てて探して……久々に全速力で走ったよ」

芽依の顔が、じわじわと赤らんでいく。そんな表情を見ると、秋本の中で彼女に対するいとおしさが募った。――そう、終わっていない。約七年半ぶりに再会し、かつての別れの原因が互いの誤解だとわかった今、秋本の中では芽依への想いが再燃してしまっている。

秋本は距離を詰め、ピアノの前にいる彼女に歩み寄った。芽依が動揺した様子で後ずさりしたが、すぐに背後のピアノにぶつかり、それ以上下がれなくなる。

狼狽した顔で視線を泳がせる彼女に、秋本は言った。

「もしかしてさっき店から出たあと、泣いてた？」

「……っ」

芽依の顔がパッと赤らみ、彼女は首を横に振った。──後ろから声をかけたとき、秋本には芽依の目が潤んでいるように見えた。しかし彼女は、それを認めたくないらしい。

少し面白くない気持ちで、秋本は「ふーん」とつぶやいた。

（……まあ、そういう意地っ張りなところも可愛いんだけど）

ふと眦《まなじり》を緩めた秋本は、芽依の手をつかんで自分のほうに引き寄せる。鎖骨に彼女の額がぶつかり、華奢な身体がすっぽりと腕の中に収まった。そのまま抱きしめた手に少し力を込めると、芽依の身体が緊張で固くなる。秋本は彼女の耳元でささやいた。

「──好きだ」

「……っ……」

芽依が息をのみ、かすかに身を震わせた。腕の中の彼女には、こちらを拒絶する意思がないように見える。ただひどく戸惑っているのが伝わってきて、秋本は焦らずじっと反応を待った。

やがて芽依が、言いにくそうに口を開いた。

「秋本は『好き』って言うけど……昔のままじゃないよ。わたしも、秋本も」

「うん。そうだな」

芽依の頭の上で、秋本はため息をつく。

かつて男に免疫がない優等生だった彼女は、今日男と一緒にいた。ちょうど別れたと言っていたが、おそらくこれまでつきあった相手は一人ではないだろう。それを思うと心がざわめくのを感じながら、秋本は言った。

「たぶんお互い、いろいろあったよな。俺も何もなかったとは言わないし……佐々木さんもそうだろうし」

芽依が物言いたげな雰囲気で押し黙る。しばらくして彼女は顔を上げ、秋本に言った。

「秋本なんか、変わりすぎだよ。普通に女の子と仲良く話してるし、背も伸びて――煙草まで吸っちゃって」

「………」

拗《す》ねたような口ぶりが思いのほか子どもっぽく聞こえ、秋本は思わずまじまじと彼女を見つめる。

気づけば軽く噴き出していた。まるで彼女が店の女の子に嫉妬しているかに見えて、くすぐったさがこみ上げていた。

「……そっか。そんなに変わったかな」

「そうだよ。まるで秋本じゃないみたいで……」

　言っているうちに芽依の顔がじわじわと赤らみ、ばつが悪そうに言葉が尻すぼみになる。

そんな様子は再会した当初の落ち着いた印象とはまるで違っていたが、秋本には魅力的に映った。

（……可愛いな）

　秋本は自分の身体から芽依を離し、改めて彼女の顔を見つめた。

「佐々木さんも変わったよ。垢《あか》抜けてきれいになったし、昔より色気も出た」

「い、色気って……。そりゃ、七年半も経てば」

「うん。七年半……長いな」

　秋本は芽依の左手をつかみ、自分の口元に持っていく。突然指先にキスされた彼女が、ドキリとした顔で秋本を見た。

　息を詰める芽依を秋本は色めいた眼差しで見下ろし、薄く笑った。

「――もっと変わったところがないか、確かめてみる？」

秋本の言葉を聞いた芽依は、じっと考えた。あの秋本がこうして女を誘うようになったのかと思うと、複雑な気持ちになる。しかしそれはすぐに、強い渇望へ変わった。

(——知りたい)

秋本の、全部が知りたい。会わなかったあいだ、彼がどんなふうに過ごしてきたのか——そしてどんな男になったのか。

昔はただ、「秋本が好き」という感情しかなかった。しかし今は嫉妬や対抗心、欲求も入り混じった、混沌とした気持ちが芽依の中に渦巻いている。こんなことを考える女になったと知っても、彼はまだ自分を好きだと言うだろうか。そんな疑問が、ふと芽依の胸をよぎった。

(でも仕方ない。七年以上も経った——これが今のわたしだもの)

「……教えて」

秋本の目を見て答えた芽依を、彼はしばらく無言で見下ろしていた。秋本が何を考えているのか、芽依にはポーカーフェイスのせいでまるでわからない。

やがて彼は小さく息をつき、笑って言った。

「オーケー。……じゃあ、場所変えようか」

秋本が芽依の手を引き、リビングから出る。黙ってついていきながら、芽依は彼の広い背中を見上げた。

心をざわめかせるのは、恥ずかしさだろうか。……それとも、期待だろうか。そこになぜか一抹の怯えも感じて、芽依はそんな自分に戸惑う。

本当は自分は、怖いのかもしれない――芽依はふと、そんなふうに考えた。今の秋本が昔のままではないと知るのが、過去の記憶を塗り替えてしまいそうで不安になっている。

階段を上ったフロアにはホールがあり、奥にいくつかの扉が見えた。秋本が一番手前のドアを開けると、大きなダブルベッドが垣間見える。

彼が戸口で振り向き、口を開いた。

「シャワー、使いたい？」

「えっ？　あ……、うん」

「廊下の奥にシャワールームがあるから。脱衣所に置いてあるタオルとバスローブ、好きに使っていいよ」

言われるがままに廊下の奥に進んだ芽依は、扉を開ける。中にはガラス張りのシャワーブースと、洗面台があった。湯船はなく、どうやら本格的な浴室は別にあるらしい。

あまりの豪邸ぶりに気後れしつつ、芽依は着ていた服を脱いだ。

シャワーを浴びながら、先ほどの秋本とのやり取りを思い出す。――七年五カ月前、秋本が急に学校に来なくなった理由は、バイトが忙しかったせいらしい。

そして彼は、突然連絡が取れなくなって自分が芽依に嫌われたと思ったこと、本当は渡米に際して「自分を待っていてほしい」と言いたかったこと、直接会って話せないのがずっと心残りだったことを語った。

それを聞いた芽依は、胸がぎゅっと締めつけられるのを感じた。――これまでずっと、秋本に捨てられたと思っていた。秋本が自分に黙って留学を決めたと知ったとき、ひどく裏切られた気持ちになった。

しかし彼に「好きだ」と言われた瞬間、頑《かたく》なだった胸の内にじわじわと何かがにじんで、溶け出していく気がした。

（でも……）

好きだと言われてうれしい反面、「彼は過去の自分に恋してるのでは」という思いが拭えない。加えて彼がこの七年半のあいだの異性関係を匂わせた瞬間、心には強烈な嫉妬の感情がこみ上げていた。

そんな自分の勝手さに、芽依はうんざりする。

（馬鹿みたい……。他の誰かとつきあったのなんて、お互いさまなのに）

離れていたあいだのでき事に妬く権利などなく、自分だっていろいろと経験してきた。それなのに何だか負けたような気になって悔しくなる気持ちを、芽依は持て余す。

――だからだろうか。先ほど秋本に誘われたとき、芽依は断ることができなかった。むしろ自分でも驚くほどに「今の秋本を知りたい」という猛烈な欲求にかられ、今もその思いは胸の内に燻《くすぶ》っている。

シャワーブースから出た芽依は棚にあった薄手のバスローブを羽織り、先ほどのベッドルームに向かった。開いたままの戸口まで来た途端、何やら話し声が聞こえる。

「……《長くお待ちいただいていることに感謝しています。そちらへご迷惑をおかけしているのは重々承知しており、心苦しく思っている次第です。一日も早く話し合いのテーブルに戻りたいのは山々ですが、諸般の事情のため、もう少しだけ時間をいただけないでしょうか》」

ベッドの縁に座った秋本が、スマートフォンを片手に喋《しゃべ》っている。その流暢《りゅうちょう》な英語を聞いて、今さらながらに彼は本当にアメリカに行っていた人なのだと芽依は実感した。

ふと戸口にいる芽依に気づいた秋本が立ち上がり、「ちょっとごめん」というジェスチャーをして、話しながら部屋の外に出ていく。

「《重ねて言いますが、御社のお心遣いには感謝しています。ですが……》」

芽依は窓際まで行き、半分ほど開け放されたカーテンから外を眺めた。街から少し離れ、緩やかな山の中腹にあるこの家からは、木々の隙間からきらめくような夜景が見える。

しばらくして、電話を終えた秋本が寝室に戻ってきた。芽依は振り返らずに言った。

「……すごい。ここ、夜景が見えるんだね」

「ああ、そうかな。慣れてて気にしたことがない」

秋本が芽依の隣に来て、一緒に窓の外を眺める。改めて背が伸びたのだなと思いつつ芽依が彼を見上げると、秋本が問いかけてきた。

「……何？」

「当たり前かもしれないけど、英語が上手いんだなって思って。ところでここに来る前、酔って絡んできた人に何て言ってたの？」

「あー、あれは……『失せろ』とか、『どういうつもりだ』とか、そんな感じ。……あんまりいい言い回しじゃない」

いわゆるスラングというものだろうか。ボソボソとしたばつの悪そうな言い回しは、かつての秋本を彷彿とさせる。それを聞いた芽依は、じんわりとした懐かしさをおぼえた。

咄嗟に英語が出るのだから、彼は向こうの暮らしに相当馴染んでいたに違いない。こちらには一時的に戻ってきているだけだと言っていたから、また戻るつもりなのだろうか。

（……あれ？）

ふいにチクリと胸に痛みが走り、芽依はそんな自分に戸惑う。しかしそれを考える間もなく、秋本が言った。

「俺もシャワー浴びてきたほうがいい？」

「えっ？　あの、別に……気にしないけど」

「そう？」

彼の腕が芽依の腰に回り、身体を引き寄せる。

そっと降ってきたキスは、優しかった。触れるだけで一旦離れ、芽依が薄目を開けた途端、間近で秋本の視線に合う。

「……ん……」

――目が合うと同時に、深く口づけられた。かすかに煙草の味がする舌が、まるで知らない人のように感じる。強引ではない動きで秋本の舌がゆるゆると口腔を舐め、角度を変えてまた口づけてきた。

ときおり絡めた舌を強く吸い上げられ、芽依は思わず吐息を漏らす。長いキスは巧みで、いつしか自分の息が上がっていたことに、芽依は唇を離されてから気づいた。

「……ベッドに行く？」

聞かれて頬を染めながら頷くと、手を引いてエスコートされ、先にベッドの縁に座った秋本の脚の間に招かれる。

立ったままガウンの紐に手を掛けられたとき、薄闇の中とはいえ芽依は少し緊張した。

秋本が解いた紐を床に落とし、緩んだ合わせ目から手を入れてくる。彼はそのまま、するりと芽依のわき腹を撫でた。

「……っ……」

素肌に触れた乾いた大きな手の感触に、芽依はビクリと身をすくませた。腰に腕を回し、芽依の身体を引き寄せた秋本が、胸のふくらみにキスをしてくる。

肩からガウンが滑り落ち、秋本の唇がついばむように肌を辿った。性急さのないその動きは、まるで肌の感触を確かめるようだ。焦らされた芽依の口から、やがてこらえきれずに声が漏れる。

「……っ……ぁっ」

秋本が視線を上げ、じっとこちらを見つめてきた。冷静なその顔に、芽依の中に自分だけが乱された恥ずかしさが急激にこみ上げた。芽依は両手を伸ばし、秋本の頬に触れる。

そして自分から顔を寄せて彼の唇を舐め、舌先で合わせ目をなぞった。

「……ん……」

秋本が応えてきて、緩く舌を舐め合うキスが徐々に気持ちを高めていく。そうするうち、突然身体を強く引かれ、気づけば芽依はベッドに仰向けに押し倒されていた。

上に覆い被さってきた秋本が、芽依の顔に乱れかかった髪をそっと払う。彼の指先が、ゆっくりと顔の輪郭を辿った。頬から耳、首へと撫で下ろし、額にキスされると、大事に

されているようで胸がきゅうっとする。しかし優しくされてうれしい反面、嫉妬に似た気持ちがこみ上げ、芽依は複雑になった。

（秋本は……一体何人の人と、こんなことをしたんだろ）

思えば初めて抱き合ったときも、彼は落ち着いていた。にわかに悔しさをおぼえ、芽依は秋本のシャツのボタンに手を伸ばす。

ボタンをすべてはずした途端、意外にしっかりとした胸と締まった腹筋があらわになった。色気のあるラインをそっと手のひらで撫でる動きに、彼がくすぐったそうに笑う。秋本はやんわりと芽依の手をつかんで触れるのをやめさせ、そのままベッドに縫い留めた。そして首筋にキスを落としてくる。

「……あ……」

首筋、耳の下、鎖骨を唇がなぞり、やがて胸のふくらみに辿りつく。大きな手が丸みをつかんで、秋本の舌が胸の頂を舐めた。

濡れて柔らかい舌の感触に、芽依は声を我慢できなくなった。

「はっ……ぁ……っ」

秋本の舌が先端を舐め回し、ときおり強く吸い上げる。淫靡な感触に耐えていると、今度はもう一方の丸みを揉みしだかれた。指の間に挟まれた頂を強く刺激され、息が乱れそうになるのを、芽依はぐっと唇を噛むことでこらえる。

身体を起こした秋本と目が合い、端正なその顔に芽依の胸の鼓動が高鳴った。昔より男っぽさが増した彼にはやはり違和感のほうが強く、まだ慣れない。

顔を寄せてきた秋本が、髪を撫でながら再び深く口づけてくる。先ほどより少し強引に押し入ってきた舌が、芽依の口腔《こうこう》をくまなく舐《な》めた。

蒸れた吐息を交ぜつつ喉奥まで押し入ってくる動きに、芽依は苦しくて薄目を開ける。秋本と視線が絡まり、その眼差しが孕む熱に煽られた。

「……んっ……はっ」

じわりと潤んだ瞳を見られているのが、恥ずかしくてたまらない。

秋本がようやく唇を離し、そっと芽依の目尻にキスを落としてきた。さらりと乾いた感触の彼の手のひらが、芽依の肌に触れる。胸から肋骨を辿り、腰や尻の丸みを撫でた手が太ももをゆっくりと這《は》った。臍《へそ》の辺りにキスをされて脚を開かされると、芽依の身体がわずかに緊張する。

そのまま太ももの内側に唇を這わされ、羞恥からつい膝を閉じたくなった。

恥毛を撫でた彼の指が、そっと花弁を開く。身体のあちこちに触られてとっくに感じていたのは、溢れている蜜で秋本にばれてしまっただろう。ぬめるそれを纏《まと》った指が花弁をなぞり、花芯をかすめる。

その瞬間、じんとした甘い愉悦が広がり、芽依は思わずきつくシーツをつかんだ。

「あ……っ、……ん……」

　——ピアノを奏でる秋本の指が、今自分の秘所にある。そう思うだけで、身体の奥から熱いものが溢れてどうしようもなかった。

　繊細な指が、芽依の快楽の芽を翻弄する。強すぎず弱すぎない絶妙な力加減は、彼がピアニストだからだろうか。そんなことを頭の隅で考えたが、すぐに余裕はなくなり、芽依の思考は千々に乱れた。

「……は……っ……あっ、……や……」

　優しいが執拗《しつよう》な愛撫《あいぶ》に、芽依の身体の奥が疼き出す。中も触ってほしいのに、彼は飽かずに敏感な尖《とが》りだけを責め立てた。触れる動きを止めないまま胸の頂を吸い上げられ、芽依は思わず秋本の肩を強くつかんだ。

「あ……っ、もう、や……っ……」

　もどかしい刺激に焦れ、秋本に触れた芽依の手に力がこもる。秋本が微笑み、ようやく彼の指がぬかるんだ蜜口に触れてきた。

「あ……っ」

「……すっごい濡れてる」

　秋本の指が溢れた蜜を塗り広げるように動き、かすかに濡れた音が響く。蜜口にときおり入り込む指先に芽依が息を詰めると、やがて彼の指が襞《ひだ》を掻き分けてもぐり込んできた。

「っ、……ん……っ」

長い指が埋められていく感触に、芽依は喘ぐ。待ち望んでいた内部は挿れられた指を奥に取り込もうとしてうねり、秋本の爪やゴツゴツした関節の形までまざまざと伝えてきた。

「はっ、ぁ……んっ……」

最奥で少し指を動かされただけで感じてたまらないところに触れ、芽依の腰がビクリと跳ねた。声と一緒に、受け入れたところからトロトロと蜜が溢れる。

「っ……あっ、ゃ、ぁっ……！」

秋本が芽依のこめかみに口づけ、ゆっくりと指を動かす。中の狭さを確かめるように指が繰り返し隘路を辿り、次第にその動きが滑らかになった。薄暗い寝室内に淫らな水音が響き、芽依の羞恥を煽る。

「あっ、ぁ、あっ……」

「気持ちいい？　……どんどん溢れてくる」

秋本の言葉に、芽依の顔が赤らんだ。奥まで挿れられた指が深いところで快感を生み、わななく襞が中の異物を締めつけている。秋本の指を伝った愛液が、シーツまで湿らせていた。内部の動きから自分が感じていることがつぶさに秋本に伝わっているかと思うと、芽依は恥ずかしくてたまらなくなる。

このまま達してしまうのが嫌で、芽依は動きを押し留めようと彼の手首をつかんだ。

「んっ、ぁ、……指、待って……っ……ぁっ」

自分だけ乱されるのが嫌なのに、秋本は内部を穿《うが》つ動きをやめようとしない。煽るようにわざと音を立てて内部を掻き混ぜられ、ますます芽依の呼吸が乱れた。

「あっ、秋本……やっ、も、っ……」

「達《い》っちゃいそう？　――いいよ、ほら」

ささやきながら奥の奥まで指で探られ、親指で敏感な尖りも一緒に潰される。たまらず芽依の身体が、ビクリと大きく震えた。

「っ、あ……っ！」

一気に高みに押し上げられ、強い快感が弾ける。

全身が心臓になってしまったかのように、耳元でドクドクと音がしていた。息も荒いまま薄目を開けて秋本を見ると、冷静で乱れのない彼の眼差しに合う。

かあっと頭に血が上り、芽依は思わず泣き言を漏らした。

「……も、嫌って言ったのに……っ……！」

「ごめん。あんまり可愛かったから、つい」

秋本が笑い、芽依の内部からゆっくりと指を引き抜いた。内側をゾロリとなぞられる動きに息を詰めたのも束の間、濡れた指でそのまま花芯を撫でられ、腰が跳ねる。

「……っ……」

「すごいな。……昔より感じやすくなった」

――低くつぶやいた秋本は、そのとき一体何を思っていたのだろう。芽依の脚を広げて身を屈めた彼が、秘所に舌を這わせてくる。芽依は驚いて身体を捩った。

「待っ……あ、っ！」

ぬめる温かい舌が、花弁を這う。秋本は零れた蜜を残さず舐め取り、まだ足りないというように舌を内部にねじ込んできた。

「はぁ……っ……ぁっ、ん……っ」

ぬるぬると浅い部分の中の襞まで舐められ、芽依の身体がじんわりと汗ばんだ。零れたものを舐め取られているはずなのに、奥からどんどん愛液が溢れてくる。内股に触れる秋本の髪の感触にすら感じて、背すじがゾクゾクした。足先でシーツを掻き、膝を閉じようとしたものの、優しいが強引な手でやんわりと押し留められてそれが叶わない。

やがて秋本の舌が、尖った花芯に辿りつく。舐めて押し潰し、ときおり強く刺激されると、芽依の体温が一気に上がった。そのままゆっくりと指まで挿入され、先ほどより強い快感にビクビクと内部がわななく。芽依はやりきれず片腕で顔を隠した。

(駄目……また達《い》っちゃう……)

巧みな愛撫に、すぐに限界が来た。ついさっき達したばかりなのに、芽依の身体はいともたやすく絶頂を味わう。

「……っ……！　ぁ、は……っ」

中に含まされた指をこれ以上ないほど締めつけ、芽依の身体がぐったりと弛緩した。じんとした快楽の余韻で、動くのも億劫なほどの脱力感をおぼえる。

「……平気？」

汗ばんで額に貼り付いた髪を、身体を起こした秋本の指が優しく払ってくる。自分を見下ろす彼の視線を感じ、芽依は恥ずかしさと悔しさ、両方が入り混じった気持ちを噛みしめた。

(何でこんなに……慣れてるの)

――自分だけがこんなにも乱されて、秋本に翻弄されてしまっているのが憎らしい。余裕のある様子にムッとしつつ、芽依は秋本のシャツを引っ張って言った。

「……秋本も脱いで」

秋本が前をはだけたままだったシャツを脱ぎ、ベッドの横に放る。途端にすっきりと締まった色気のある身体が現れ、芽依の心臓の鼓動が高鳴った。彼は肩幅が広く、腕や腹には実用的な筋肉がついていて、細身だが思いのほか男っぽく見える。

芽依は腕を伸ばし、秋本の裸の胸に両手で触れた。硬くしっかりとした質感の肌を撫で、無駄なところのない腹筋を辿り、ウエストのボタンをはずす。ジッパーの下には充実した屹立の感触があって、触れた瞬間、その熱と質量に顔が赤らんだ。

──かつて一度だけ抱き合ったときは、芽依に秋本の身体を見る余裕はなかった。下着越しにそろりと触れ、張り詰めた硬さを指先で確かめると、うずうずと湧いてきた欲求を抑えることができない。芽依は秋本の顔を見つめて言った。

「……口でしていい？」

「………………」

芽依の言葉を聞いた秋本が、微妙な顔で一瞬黙り込む。やがて彼は苦く笑って言った。

「……うれしいけど、また今度にしてもらおうかな。今はあんまり余裕がないし」

（今度、って……）

その言葉に、今さらながらに恥ずかしさがこみ上げた。芽依の膝を押し、秋本は薄い膜を装着した屹立を蜜口にあてがってくる。ふとそれまであった彼の余裕が消えているように見え、芽依は少し意外に思った。

（あれ？　余裕がないって、もしかして本当に……）

考えているうち、ゆっくりと重い質感が中に挿入ってくる。芽依はすぐに何も考えられなくなった。

「……っ、んっ……」

愛液でぬかるんだ隘路にねじ込み、じりじりと奥に進む動きは、それでも性急さはなく優しい。硬く大きなもので押し開かれていく苦しさを、芽依は息を吐いて逃がした。

「……っ、は、ぁっ……」

浅く息をしながら、芽依は体内でドクドクと脈打つ秋本の熱を感じる。少しかすれた声が、上から降ってきた。

「……狭いな。苦しい？」

問いかけられた芽依は、首を横に振る。本当は強い圧迫感をおぼえていたが、耐えられないほどではない。

（そういえば、初めてのときも……同じこと聞かれたっけ）

根元まで自身を芽依の中に埋めた秋本が、熱っぽい息を吐いた。芽依が薄く目を開けると、視線が絡み合う。目をそらさないまま秋本は腰を動かし、緩やかに律動を送り込んできた。わずかな動きだけで奥の感じる部分に触れられ、芽依は思わず濡れた声を上げる。

「ぁ……っ」

その反応を見た秋本が、再度腰を揺すってきた。

「……ここ？」

「んぁっ……はっ……や、っ……！」

反応するところばかりを狙いすまし、秋本が中を突き上げてくる。激しさはなく、どちらかというと緩やかな動きなのに、じんわりと甘い感覚が湧いて芽依の息が乱れた。中を埋め尽くされることに快感をおぼえ、芽依は自分の中にいる秋本を強く締めつけてしまう。

最初に感じていた苦しさはすぐになくなり、彼が送り込む律動に翻弄された。

「っ……ん、……ぁ、あっ……」

――甘い愉悦に、声が止まらない。初めは遠慮がちだった動きが少しずつ大胆になり、芽依は秋本の腕にしがみついた。

背すじをゾクゾクと駆け上がる快感に、受け入れたところが際限なく潤んでいくのを感じる。部屋に差し込む街灯のわずかな明るさの中、秋本の男っぽい骨格が浮かび上がるのをぼんやりと眺めた。自分を見下ろしてくる眼差しの奥に熱を感じ、芽依はふいに彼がピアノを弾いているときを連想する。

彼は今、ピアノと同じくらい自分に夢中になってくれているだろうか。――あれほど熱っぽく、自分を見ているだろうか。

そんな想像をしていると、秋本が芽依の膝を押し、上体を倒してきた。結合がより深くなり、ひときわ大きな声が漏れる。

「はっ、ぁっ……！」

腰を動かしてさらに深いところを探る動きに、内側がビクビクと反応し、中のものを強く締めつけた。そのたびに秋本が熱い息を漏らすのが、芽依にはたまらない。どんな動きをされても気持ちよく、潤んだ目を秋本に向けた途端、噛みつくように口づけられた。

「……っん、……ぅっ……」

舌が口腔を蹂躙し、吐息すら奪うキスが苦しくて、唇を離された芽依はようやく息を吸い込む。秋本が小さく笑って言った。

「中、すっごい吸いついてくる。……気持ちいい？」

突然そんなふうに聞かれ、芽依は答えに詰まった。ごまかしようもなく、息を乱しつつ頷くと、秋本の目が優しくなる。

「——可愛い。芽依」

頬を撫でながらささやかれた名前に、芽依の胸がきゅうっとした。

高校時代も、今日再会したときも、秋本からは苗字でしか呼ばれたことがない。不意打ちのような言葉は、芽依の心を甘く疼かせた。思わず体内の屹立を締めつけてしまい、一瞬息を詰めた秋本が、苦笑いして言う。

「……ごめん。あんまり保《も》たないかも」

「……えっ」

「よすぎて困る」

秋本の言葉に、芽依は彼に対するいとおしさが急激にこみ上げるのを感じた。

（……ああ、どうしよう）

熱を孕んだ視線、額の汗、体内に受け入れた彼の硬さも何もかも、いとおしくて仕方がない。昔一度だけ抱き合ったときには、こんなふうに考える余裕はなかった。——こんな灼《や》けつくような想いは、感じたことがなかった。

「あ……っ……もっと動いて……っ、ぁ……っ」

揺さぶられながら切れ切れに言うと、秋本は一瞬顔を歪めた。すぐに彼は芽依の膝をつかみ、深いところを穿ってくる。

「っ、あっ！」

打ちつける勢いで律動を速められ、芽依はシーツをつかんで切羽詰まった声を上げた。揺さぶられる激しさともたらされる快感に、声を我慢できない。何度も突き上げたあと、秋本がより深いところを求めて芽依の膝をベッドに押しつけ、屹立を根元まで埋めてきた。

信じられないほど奥を探られ、芽依の中で一気に快楽が弾けた。

「っ、ぁっ……！」

「……っ……」

達した瞬間、中の動きに煽られた秋本が動きを止め、息を詰めた。深いところで熱が吐き出されるのを膜越しに感じ、芽依は眩暈《めまい》がするような感覚を味わう。

ドクドクと鳴る心臓を持て余し、芽依が息を乱していると、屈み込んだ秋本が口づけてきた。

つい先ほどまでの激しさが嘘のように、彼のキスは優しい。萎えた屹立をゆっくり引き抜かれ、芽依はかすかに身体を震わせた。すっかり疲れ果ててぼんやりしているうち、後始末を済ませた秋本がベッドに転がって芽依の身体を抱き込んでくる。

「……疲れた？」

間近でささやかれ、今さらながらに羞恥がこみ上げた。芽依は無言で首を振り、彼の身体に頬を寄せる。秋本の素肌はまだ少し汗ばんでいたが、その感触は決して嫌ではない。

行為の余韻が冷めやらない芽依の肌を、大きな手がなだめるように撫でた。あちこちをくまなく触られるのが心地よく、芽依はだるい身体を秋本に預ける。トロトロとした眠気を感じ始めた頃、彼がふいに問いかけてきた。

「――明日の仕事って、何時から？　朝、間に合うように送っていくよ」

時刻はもう、日付が変わる頃だった。ここに来るときに「明日仕事がある」と言ったのを、秋本は覚えていたらしい。芽依はばつの悪さをおぼえながら答えた。

「明日は土曜だから、本当は仕事は休みなの。あのときは混乱してて……それで」

「……そっか」

嘘をついたのを謝ると、秋本は苦笑いし、改めて腕の中に芽依の身体を抱き込んできた。

「じゃあ、このまま寝よう」

芽依は驚き、「帰る」と言おうとする。しかし秋本の体温と匂いに包まれるうち、何もかもどうでもよくなってきた。身体の奥に残る快楽の余韻と疲労で、目を開けているのがつらい。

トロリとした眠気に身を委ねた瞬間、身体を抱き込む腕に力が入り、優しい声が「好きだ」とささやくのが聞こえた。かつてはろくに気持ちを見せてくれなかった秋本にそんなふうに言われると、どこか面映い気持ちがこみ上げてくる。

甘い気分に浸りながらぬくもりに包まれ、芽依は深い眠りに落ちた。

第5章

どこかでピアノが鳴っている。キラキラして、クリスタルの欠片が零れるのを連想させる、きれいで繊細な音だ。

かすかな音色がふと耳の中に滑り込んできて、芽依は眠りから目覚めた。半分ほど開けられたカーテンから、朝の光が差し込んでいる。眩《まぶ》しさに目を細め、見慣れない部屋にしばしぼんやりとしていると、脳裏に昨夜のでき事がまざまざとよみがえってきた。

（そうだ、わたし……）

――高校時代につきあっていた秋本と再会し、彼と寝た。

外はもう明るく、ベッドサイドの時計は朝の七時半を指していた。身体を起こした途端、素肌に掛けられていたタオルケットが肩から滑り落ちる。部屋の中に秋本の姿は見当たらず、室内には時計の秒針の音だけが小さく響いていた。

辺りを見回すと、バスローブが床に落ちていた。それを拾おうとした芽依の顔が、ふいににじわりと赤らむ。動いた拍子に、身体の奥に残る昨夜の快楽の余韻を色濃く感じていた。

（秋本って……）

――彼は一体、どれだけの女とつきあってきたのだろう。

再会した秋本は芽依に「好きだ」と告げ、ベッドに誘ってきた。よほど自信があるのか、それとも女慣れしているのかと考え、半ば意地もあって応じた芽依だったが、まさかあれほど乱されるとは思わなかった。

こちらもそれなりの数の男とつきあってきたはずなのに、すっかり翻弄されてしまったことにモヤモヤとする。昨夜の彼と過去の無気力なイメージは、だいぶギャップがあった。

拾い上げたバスローブを身に着け、芽依は寝室を出る。階段を下りるにつれ、聴こえてくるピアノの音は徐々に大きくなった。何の曲かは全くわからないものの、少し旋律を弾いては曲が中途半端なところで唐突に止まる。

（ほんとに大きな家……。あんまりピアノの音が響かないのは、防音だからなのかな）

階段を下りて廊下を進み、芽依は足音を忍ばせながらリビングのドアをそっと開ける。

朝日が差し込むリビングでピアノの前に座る秋本が見え、今さらながらにドキリとした。

秋本は昨夜のシャツを素肌に羽織って煙草を咥《くわ》え、バインダーに留めた紙に鉛筆で何かを書き込んでいる。髪が少し乱れていて、だらしないはずなのにその姿にはひどく色気があった。ボタンが開いたままのシャツの隙間からは、引き締まった腹筋が見えている。

――七年半近くの月日が経った今、彼は本当にいい男に成長していた。相変わらず細身だが、背が高く肩幅も広い。しなやかで無駄のない身体のラインに加え、どこか物憂げで端正な顔立ちだ。昨夜店で話しかけてきたウェイトレスは、明らかに秋本に対して好意を抱いていた。今の彼にはそこにいるだけで思わず目を引き寄せられてしまうような、そんな強烈なフェロモンを感じる。

それまで何やら書き込んでいた秋本が鉛筆をピアノの上に置き、灰皿に煙草の灰を落とした。そして再び咥えると、両手を鍵盤に滑らせる。途端に流れ出した流暢な旋律に、芽依は瞬く間に引き込まれた。細やかな指の動きから、目が離せなくなる。

やがてピアノに集中しているかに見えた秋本が、唐突に手を止めてこちらを見た。びっくりして固まる芽依を見つめ、彼が笑って言った。

「いつまでもそんなところにいないで、こっちに来たら？」

＊　＊　＊

朝日が眩しくリビングに差し込むこの時間にピアノを弾くのは、秋本の毎日の日課だ。シャワーも浴びずにだらしない姿で譜面に書き込んでいた秋本は、ふとリビングのドアの曇りガラス越しに動く人影に気づいた。ドアの向こうにいるのは、芽依だ。眠っていたので寝室に置いてきたが、どうやら目を覚ましたらしい。

中に入ってくればいいのに、彼女はなぜか踏み込んでこようとしない。その様子はまるで警戒心が強い猫のようで、秋本の中に笑いがこみ上げた。昨夜さんざん乱れたのが、ひょっとして恥ずかしいのだろうか。思えば芽依は、高校時代も自由気ままに秋本のそばでくつろいでいて、その様子を猫みたいだと思っていた。

譜面の書き込みを中断した秋本は、煙草の灰を落とし、鍵盤に指を滑らせる。途端にドアがほんの少し開き、芽依が目をキラキラさせてこちらを見ているのがわかった。その様子は初めてピアノを聴かせたときを思い出させ、秋本は微笑ましい気持ちになる。

「いつまでもそんなところにいないで、こっちに来たら？」

ピアノを弾く手を止め、秋本がそう声をかけると、芽依はびっくりした顔でこちらを見た。彼女は慌ててドアの陰に隠れ、動揺した口調で言った。

「あ、あの、わたし、シャワー借りたくて……」

「いいよ、そんなのあとで」

「でも、……化粧も直してないし」

――芽依のバッグは、昨夜この家に来たときからリビングに置かれたままだ。彼女が入ってこないのは、どうやら寝起きの顔を見られたくないかららしい。

紫煙を吐き、ピアノの上の灰皿で短くなった煙草を揉み消した秋本は、小さく笑った。

「あとでシャワーは貸すから、とりあえずこっち来て」

「…………」

それ以上何も言えなくなったのか、芽依が気まずい表情でリビングに入ってくる。確かに髪が少し乱れ、化粧っ気もないが、元々メイクが薄いためにその顔にはほとんど違和感がない。

ピアノのそばまで来た彼女は、ふと散らかった五線譜に目を留めた。元々コード進行だけが入っているそれには、秋本が上から鉛筆で足した書き込みがある。

「……仕事中、だったの?」

「仕事っていうか、アレンジ考えてただけ」

彼女は譜面を物珍しげに眺めて言った。

「……すごいね。わたし、見ても全然わかんない」

「これはジャズのスコアだから、元々の楽譜に沿って演奏される部分と、そのコード進行で自由に作れるアドリブのパートがあるんだ。今やってたのは、そのアドリブ部分」

「ふうん……」

「まあ大抵は、その場のノリでやっちゃうんだけど。時間があるときに、譜面に起こすようにしてる」

言いながら秋本は芽依の手を引き、彼女の身体を深く腕の中に抱き込んだ。膝の上に座る形になった芽依が、驚いて身体を固くする。

「あ、秋本……っ」

「身体は平気？」

耳元に平坦な声でささやきかけると、彼女はぎこちない動きで頷《うなず》いた。存外初心《うぶ》なその反応をおかしく思いつつ、秋本は言葉を続けた。

「あーでも俺、昨夜はすぐ達《い》っちゃったからな。もし物足りなかったならごめん」

秋本の言葉に、芽依がじわじわと顔を赤らめてうつむく。やがて彼女は、小さな声で答えた。

「あ、あれで充分でした……」

「ふうん、そう？」

声に笑いをにじませ、秋本は芽依のバスローブの胸元に手をもぐり込ませる。息をのむ彼女に、秋本は言った。

「――俺はまだ、全然足りない」

手のひらにしっくりと収まる小ぶりな胸のふくらみに触れ、秋本はやんわりとそれを揉《も》みしだく。頂を指先で撫《な》でると、腕の中の華奢《きゃしゃ》な身体がビクリと震えた。尖《とが》り出したそれを指で挟み込み、きゅっと引っ張った途端、芽依が声を上げた。

「……ぁっ……！」

その声を聞き、秋本の中のスイッチが入った。

胸を揉みしだく手はそのままに、もう一方の手で彼女の膝を割る。バスローブの下の内ももを撫で、さらにその奥を探る動きに、芽依が慌てた様子で膝に力を入れた。

「ちょ……待っ……！」

抵抗をものともせず、秋本は芽依の脚の間に手をもぐり込ませた。花弁を開き、指先で花芯を辿《たど》る。芽依がぎゅっと身体をこわばらせた。

「ん、っ……」

「中、まだ濡《ぬ》れてるな。……柔らかくて、熱い」

昨夜の名残でまだ熱を持っている芽依の蜜口に、秋本はゆっくり指をめり込ませる。襞を掻き分ける動きに、芽依の腰が反射的に跳ねた。背後から強く抱き込んで抵抗を封じつつ、秋本はじっくりと中を確かめるように指を動かす。一度抜き、もう一本増やして再度ねじ込むと、芽依が秋本の腕をつかんで喘《あえ》いだ。

「やっ、……駄目……っ……あっ……」

中で指を動かすたびに濡れた音が響き、奥から愛液が溢《あふ》れ出す。明るいところで乱される羞恥があるのか、芽依の瞳に涙が浮かんだ。

秋本は手の動きを止めず、首筋にキスを落としながらささやいた。

「昨夜この身体を抱いて――俺がどう思ったか知りたい？」

芽依がドキリとした顔をし、小さく肩を揺らした。その耳元で、秋本は言った。

「きれいでドキッとした。それから……昔より感じやすくなって、濡れやすくなったのを見て、嫉妬した」

「嫉妬」という言葉に、芽依が身体をこわばらせる。秋本は自嘲して笑った。

「よその男がここまで感じやすくしたんだなと思うと、すごく妬けた。この七年半、俺が知らない芽依の歴史があるのは当たり前なのに……昨夜少し意地悪くしたのは、だからだ。ごめん」

「………」

芽依が戸惑いの表情で押し黙る。――昨夜の秋本は、確かに嫉妬していた。再会した芽依は昔よりずっときれいになっていて、かつての「おとなしい地味な優等生」という印象を払拭していた。

秋本が初めて抱いた高校三年のとき、彼女には経験がなかった。痛みを与えないよう、最大限に気遣って抱いたつもりだが、苦痛を完全に取り除くのは難しかったと思う。

しかし昨夜の芽依は当時とは違い、ひどく感じやすかった。途中で「口でしていいか」と聞かれたとき、秋本は困惑した。――口での行為に慣れるほど男とつきあったのかと思うと、複雑な気持ちにかられた。

口でされるのを拒否したのは、おそらく顔も知らない誰かに対する嫉妬の感情があったからだ。だが行為を終えた途端、秋本はちゃんと優しくできなかった自分の狭量さにうんざりした。――そしてそんな感情を抱く自分を、心底意外に思った。

秋本の言葉を聞いた芽依は、何やらじっと考え込んでいるようだった。やがて彼女は、秋本を振り向いてささやく。

「……そっち、向きたい」

秋本が指を引き抜くと、芽依はこちらを向き、腰を跨《また》ぐ形で膝に乗り上げてきた。乱れたバスローブ姿の彼女は秋本をじっと見つめ、やがて唇を寄せてくる。

「――……」

見つめ合いながら、キスをする。そっと差し込まれてきた小さな舌を迎え入れ、秋本はそれを緩やかに舐めた。舌を絡ませつつバスローブの合わせ目に手を忍ばせ、胸のふくらみを揉む。お返しと言わんばかりに、芽依の手が秋本のはだけたシャツの下の素肌に触れてきた。

彼女の手が肌を撫で下ろし、ズボンの前をくつろげようとする。それをやんわり押し留め、秋本は言った。

「……避妊具《ゴム》取りに、二階に行かないと」

秋本の言葉に、芽依はかすかに目を瞠《みは》った。そして彼女は、ボソリと言う。

「秋本って……そういうの、しっかりしてるんだね。何だかちょっと意外」

「万が一の場合、困るのは芽依のほうだろ」

「わたしは……」

芽依が何かを言いかけ、結局黙り込む。秋本は笑って言った。

「すぐ戻るから。待ってて」

芽依を自分の膝から降ろし、ピアノの椅子に座らせた秋本は、彼女の髪にキスをする。

二階から目的のものを持って戻ってくると、芽依は脚をブラブラさせてうつむいていた。

その表情がどこか不満げに見え、秋本は問いかける。

「何でそんな顔してんの」

「……だって」

行為を中断したため、水を差されたと思っているのだろうか。

頬を膨らませた子どもっぽい顔を可愛いと思いつつ、秋本は芽依を立たせて入れ替わりにピアノの椅子に座った。そしてズボンの前をくつろげ、避妊具を装着する。それを見た芽依がじわりと顔を赤らめる様子が、秋本にはおかしかった。

「――おいで」

秋本は手を差し伸べ、芽依の身体を自分の腰を跨ぐ形で椅子に膝立ちさせた。バスローブをまくり上げ、すんなりと細い太ももをするりと撫でる。そのまま手を滑らせて脚の間に触れると、熱く湿った感触がした。

「……ぁっ……」

先ほどのぬめりを広げるように、秋本は指でゆるゆると花弁をなぞる。同時に目の前の白い胸元に顔を埋め、音を立ててキスをした。肌にチロリと舌を這わせると、芽依が秋本の頭を抱き込んでくる。

「ん……っ、ぁ、は……っ」

蜜口から愛液がにじみ出し、徐々に水音が立った。秋本はぬかるんだそこに中指を埋め、内襞《ひだ》をなぞる。芽依の漏らす吐息が熱を孕《はら》み、腰がねだるように揺れた。やがて胸元から顔を上げた秋本は、芽依の腰を下に引き寄せ、蜜口にゆっくりと屹立をめり込ませた。

「あっ……ん、ぅ……っ……」

――熱い襞に包まれる感触に、秋本はかすかに顔を歪《ゆが》める。上に跨る体位のせいか、芽依の中はひどく狭い。きつい締めつけに強い快感をおぼえつつ、秋本は息を吐いた。一気に突き入れたい衝動を抑え、じりじりと隘路《あいろ》に自身を埋め込む。乱れたバスローブを肩に引っ掛けた芽依が、秋本の首にしがみついてきた。

「ぁっ……は、……あ……っ」

すべてを埋めた秋本は、芽依の腰をつかんで律動を開始する。一分の隙もないほどに密着した内部は心地よく、突き上げるたびにわななく襞が熱く絡みついてきた。芽依が切れ切れにささやいた。

「ん、秋本……っ……ぁっ……！」

「……苦しい？」

秋本の問いかけに、芽依が首を横に振る。目を潤ませたその顔にいとおしさをおぼえつつ、秋本は彼女の反応を探って突き上げる角度を変えた。

やがて触れればビクリと反応する場所を見つけ、繰り返しそこばかりを攻める。芽依が切羽詰まった声を上げた。

「はぁっ……あ、……そこ……っ」

「ここ?」

「や……っ……駄目、ぁっ……！」

（あーくそ、ヤバい……）

感じる部分を重点的に攻められた芽依の中が、ますます熱くなって愛液を溢れさせる。彼女の胸や鎖骨に唇を這わせ、秋本は言った。

「俺もすごくいいけど……ちょっと動きづらい」

「っ……んっ……なに……?」

「ごめん、一回抜くよ」

芽依の唇に触れるだけのキスをして、秋本は一旦自身を引き抜く。そして芽依を立たせ、上体をピアノにもたれさせた。彼女の腰を引き寄せた秋本は、すぐに後ろから押し入る。

「んぁっ……！」

柔らかく小さな尻をつかみ、ゆっくりと隘路に挿入する。内壁をこすりながら腰を進め、その狭さに秋本の背すじをゾクゾクとした快感が駆け上がった。根元まで屹立を受け入れさせられた芽依が、ピアノの縁に強くしがみついた。

「……っ……ぁ、おっき……」

少し苦しそうなそのつぶやきに、秋本は笑った。

「芽依の中が狭いんだよ。それなのにこんなに濡れて……ほら、奥まで挿入る……」

「っ、あっ……！」

一度腰を引き、再度ゆっくりと奥まで押し入る。大きさや太さを教え込むように何度か行き来させ、秋本は芽依を喘がせた。繰り返し深く貫き、中が馴染んだタイミングで、彼女の腰をつかんで小刻みな律動を開始する。揺さぶられる芽依が、すすり泣きに似た声を上げた。

「あっ……んっ、はぁっ、や……っ……」

芽依に声を上げさせつつ、秋本ははだけたバスローブから覗く肩甲骨や背中にキスを落とす。そして動くたびに揺れる小ぶりな胸を、後ろから手のひらで包んだ。弾力のある感触を揉みしだき、ときおり先端を刺激しながら律動を激しくしていく。

やがて芽依が、ピアノの縁にしがみつきながら訴えてきた。

「やっ……ぁ、もうだめ……秋本、あっ」

「……達《い》きそう？」

秋本が吐息混じりの熱っぽい声で問いかけると、芽依が何度も頷く。深いところを穿つ動きを止めないまま、秋本は言った。

「残念。もっと挿れていたいけど……俺ももう保たない」

律動を速め、深く腰を打ちつける。ピアノにしがみつく芽依が、高い嬌声を上げた。中がビクビクとわななき、屹立をきつく締めつける。やがて最奥がぎゅっと収縮し、芽依が達したのがわかった。

「っ、あっ……！」

「………っ」

強く引き絞る動きをする中に数回突き入れ、ぐっと奥歯を噛んだ秋本は、最奥で熱を放つ。気づけば呼吸が乱れ、身体が汗ばんでいた。蠕動《ぜんどう》する襞の感触を愉しんだあと、秋本はゆっくりと屹立を引き抜く。芽依が疲労困憊《こんぱい》した様子で床にへたり込んだ。

「……っ、はぁっ……」

乱れたバスローブがおざなりに肩に引っ掛かり、白い胸元が垣間見えている。太ももあらわにフローリングの床に座り込むその姿は、ひどく煽情《せんじょう》的だった。

秋本はティッシュに手を伸ばし、避妊具をはずして後始末をした。そんな様子をどこか物言いたげな顔で芽依が見つめていたが、秋本は気づかない。

すると彼女は突然膝立ちし、秋本の脚に手を掛け、まだ硬い屹立を口に含んできた。

「……っ、ちょっ……！」

驚いた秋本は芽依を制止しようとしたが、彼女はやめない。

硬さを失っていないそれに吸いついた芽依が、先端から精液の残滓《ざんし》を吸い出す。苦味をものともせずに飲み込んだ彼女は、太い血管が浮く幹に触れ、張りのあるそれをそっとしごいてきた。

そのまま口での行為になだれ込もうとするのを、秋本は頭を押さえて制止した。

「ストップ。……ちょっと時間おこう」

芽依の頭をやんわりと自身から離し、秋本は苦笑する。見上げてくる芽依は、不満げな気持ちを隠そうともしない。乱れたバスローブ姿の彼女が、ポツリと言った。

「ずるい。昨日も今日も、秋本ばっかり……余裕見せちゃって」

「余裕なんてないよ、全然」

秋本は笑って芽依の頬に触れ、彼女の濡れた唇を親指で撫でた。

「……エロいことして。どこでそんなやり方覚えてきたんだろうな」

――こちらがやるせなさを感じている理由を、彼女は本当にわかっているのだろうか。

そんなことを思いつつ、秋本は芽依に提案した。

「さっき浴槽にお湯溜めておいたんだ。一緒に風呂、入ろうか」

＊　＊　＊

芽依が寝ているあいだに、秋本は入浴の準備をしてくれていたらしい。一階の浴室は、想像以上に広く豪華だった。

脱衣所に連れ込まれ、当たり前のように着ていたバスローブに手を掛けられる。途端に芽依は秋本の前で裸をさらすことに躊躇《ちゅうちょ》をおぼえ、彼の手を押し留めた。

「ま、待って」

「何？」

「自分で脱ぐから……あの、タオル貸してくれる？」

芽依の言葉を聞いた秋本は目を丸くし、やがて盛大に噴き出す。

「何で今さら恥ずかしがってんの？」

「だって……」

「いいから、ほら。早く」

さっさとバスローブを脱がされ、浴室に連れ込まれる。戸惑う芽依の身体にシャワーを浴びせ、秋本は泡たっぷりのスポンジで丁寧に洗ってくれた。浴室の明るさが恥ずかしくて仕方なかったが、秋本は芽依の身体の泡を手際よく流し、ジェットバスに浸からせる。

じんとしたお湯の熱さに、ホッと息が漏れた。それでも気恥ずかしさを拭えず、芽依はさりげなく秋本と距離を取り、深く身を沈める。そんな芽依とは対照的に、濡れた手で前髪を掻き上げた秋本は、ひどくリラックスしていた。いつもはシャワーだけだから」

「風呂なんてすごく久しぶりだ。いつもはシャワーだけだから」

「こんなに立派なのに？」

立ち込める湯気越しに秋本を見つめ、芽依は不思議に思って問い返す。

前髪を掻《か》き上げて少しイメージが変わった秋本は、端正な顔立ちが際立って見惚《みと》れるくらいにいい男だ。男っぽい身体にドキリとしつつも、そんな気持ちを悟られるのが嫌で、芽依は微妙に彼から視線をそらす。

秋本はあっさり答えた。

「立派だから入らないんだ。広すぎて掃除が面倒だし、使わなかったら汚れないだろ」

「……そっか。なるほど」

豪邸には豪邸なりの、面倒なことがあるらしい。確かにこんなに大きな家なら、あちこち掃除するのも大変だろう。

高いところにある窓から朝の日差しが降り注ぎ、浴室内は明るかった。乳白色の熱めの湯は心地よく、ジェットバスの泡がブクブクと音を立てている。身体が温まると徐々に疲れと眠気を感じ、芽依は小さく息をついた。

（……一体どのタイミングで上がったらいいんだろ）

上がるとしたら、また秋本に身体を見られてしまう。そんなことを考えていると、ふいに彼が言った。

「──いつまで身体、隠してんの？」

「えっ……あ、っ！」

秋本が突然、芽依の手をつかんで強く引く。湯船の中のお湯が大きく波打ち、音を立てて外に溢れ出た。脚を伸ばした彼の上に乗り上げる形になり、芽依は焦りをおぼえる。水面から胸があらわになってしまって赤面すると、秋本が笑った。

「……もうさんざん見たけど、まだ恥ずかしい？」

「そ、そりゃ……」

「きれいだよ、芽依の身体。……自信持っていいのに」

秋本に下の名前を呼ばれることにまだ慣れず、芽依はいちいち動揺してしまう。落ち着かない気持ちになりながら、小さく答えた。

「でも……わたし、あんまり胸大きくないし」

「この大きさがいいんだけどな。清楚で、プルンとしてて、可愛くて……触ってると、ちょっといけないことをしている気分になる」

「あ……っ！」

さらりとそんなことを言いながら胸をつかまれ、先端を口に含まれる。舌でなぞり、芯を持ち出したそこを少し強めに吸い上げられると、じんとした感覚が走って身体が震えた。

秋本はそのまま、芽依の胸のふくらみや谷間についばむように口づけてくる。

「――この程度で恥ずかしがるくせに、妙なところで大胆だよな。芽依は」

「えっ？」

「さっき。……いきなり咥えられて、焦った」

彼の言葉の意味を考えた芽依は、じわりと顔を赤らめる。

確かに先ほどの自分の行動を思うと、こんなところで裸を隠そうとしているほうがおかしい気がした。起き抜けでいきなり情事になだれ込まれ、いいように秋本に翻弄されたのが悔しくて、つい衝動的にあんなことをしてしまった。

そんな芽依の頤《おとがい》を上げ、秋本は親指で思わせぶりに唇をなぞって言う。

「……口でするの、好き？」

「…………」

微笑みながら問いかけられ、芽依は答えに迷った。言葉にするのを躊躇《ためら》っていると、秋本の親指が唇の隙間を割ってくる。歯に爪が当たり、芽依は思わず舌先を出してそれを舐めた。

じっと見つめ、しばらく芽依の好きにさせていた秋本は、やがてふっと笑って言った。

「…………さて、寝るか」

「えっ?」

「俺の生活、完全に昼夜逆転なんだ。いつもこのくらいの時間から寝てる」

ザバリと音をさせて立ち上がり、湯船から出た秋本が、ドアを開けて脱衣所のタオルを取る。どうやら昨夜芽依が眠ってしまったあとも、彼は起きていたらしい。

(……じゃあわたしは、そろそろ帰ろうかな)

今日は仕事は休みだが、掃除や洗濯など自宅でしなければならないことがある。

そんなことを考える芽依を湯船から立たせ、秋本はタオルで丁寧に身体を拭いてくれた。甲斐甲斐しい手つきを止めないまま、彼は「一緒に寝よう」と誘ってきた。

「えっ? でもわたし、もう帰ろうかと……」

「そんな眠そうな顔してるのに? 芽依はヤったらすぐ眠くなるタイプだろ。昨夜も即落ちだったし」

「…………」

先ほどから本当にだるくて眠気を感じていたが、まさか気づかれているとは思わなかった。しかしこれ以上長居をするのも躊躇われ、何と言って断ろうかと考える。

(……どうしよう)

逡巡する芽依には構わず、タオルをランドリーボックスに放った秋本はさっさと新しいバスローブを着せてくれる。彼は黒いTシャツとスウェットを身に着けると、芽依の手を引いて階段を上った。

　寝室に入り、カーテンを閉めてベッドに転がった秋本は、自分の隣をポンと叩く。

「ほら。おいで」

「………」

　誘いを断り切れず、芽依は遠慮がちにベッドに上がった。すぐに強い腕で身体を抱き込まれ、秋本の匂いに包まれる。何かされるのかと思って一瞬身構えたが、どうやら彼は本当に寝るつもりらしい。

　秋本は自然なしぐさで芽依の額にキスをしてささやいた。

「……おやすみ」

　右腕で芽依の身体を抱き寄せ、左腕を自分の頭の下で枕にした秋本は、仰向けですぐ寝息を立て始めた。横抱きにされたままその顔を見つめていた芽依は、彼が本当に眠っているのを見て拍子抜けする。何かされるのを期待していたわけではないものの、あまりの切り替えの速さにびっくりしていた。

（そういえば昔も、学校ではいつも眠そうにしてたっけ……）

　秋本は夜型だと言っていたが、それは昔からだったのだろうか。――もしそうなら、彼はひょっとして自分に会いに、眠気を押して学校に来てくれていたのだろうか。

　勝手な想像かもしれないが、芽依の心はほんのりと温かくなった。秋本の胸に頭を乗せていると、彼の心臓の鼓動や体温、匂いを感じ、芽依の瞼《まぶた》が次第に重くなってくる。

(ああ……帰らなきゃいけないのに……)

——なし崩しにこんな流れになってしまい、自分はこれからどうしたらいいのだろう。

考えようとしたが、思考はすぐに眠気の中に紛れて消えた。秋本に抱き込まれたまま、結局芽依はその日の午後まで、彼と一緒に深く眠ってしまった。

第6章

——店の名前になっている「Ｌａｒｇｏ」には、「幅広く、緩やかに」という意味があるのだという。できるだけ敷居を低くし、ジャズの初心者でも気軽に来れるようにという意味合いでつけられた、音楽用語なのだそうだ。

月に一、二回は外からジャズプレイヤーを呼ぶイベントがあるものの、普段は秋本のシンプルなピアノソロのみにしているのも、店の雰囲気を軽くするためらしい。

「まあそれも、今後は少し考えなきゃならないんだけどさ」

カウンター内で仕事をしながらマスターの高田がそう語り、芽依は不思議に思って問いかけた。

「どうしてですか？」

「計がね。あいつはいつまでもこっちにいるわけじゃないから」

「…………」

平日の午後九時半、ほどほどの客入りの「ｂａｒ　Ｌａｒｇｏ」のカウンターで、芽依は高田と雑談をしている。週に何度か店を訪れるようになって以来、いつもカウンターにいる彼やバーテンダー見習いの江田島《えだじま》とは、会話をする機会が自然と増えていた。

高田は現在四十一歳で、秋本がジャズバーに出入りし始めた頃から彼を知っているという。長くバーテンダーをしてきた高田は、この店がオープンする際、元々知り合いだったオーナーに店長兼マスターとして抜擢《ばってき》されたらしい。

「……へえ、ドビュッシーか。たまにはいいな」

ふいに背後から響いたピアノの重厚な響きに、高田がそんなつぶやきを漏らす。

カウンターに座っていた芽依は、そっと後ろを見た。フロアの中央で、黒の薄手のニットを着た秋本が、伏し目がちにピアノの鍵盤を叩いている。

秋本が弾き出したのはジャズのナンバーではなく、クラシックの曲だ。静かで繊細な旋律の、ドビュッシーのベルガマスク組曲「プレリュード」。普通のクラシックのイメージとは少し違うコード進行のこの曲は、ジャズバーである店の雰囲気を壊してはおらず、むしろしっくりときていた。

どうやら客のリクエストではなく、秋本の気分で弾き始めたもののようだが、有名な「月の光」ではなく前奏曲をチョイスするあたりに彼のこだわりを感じる。

難しいフレーズが多く、美しく弾くのは容易ではないこの曲を、秋本は端正にしっとりと弾き上げた。客から次のリクエストが入り、渡されたメモをチラリと見た秋本が、次の曲を弾き始める。

「マスター、これは？」

　芽依が質問すると、高田が答えた。

「同じくドビュッシーの、『アラベスク第一番』のはずだけど……。だいぶ速いな」

　流れるような出だしの部分が印象的なこの曲は、本来緩やかな速度で演奏されるという。だが秋本の弾き方は、一般的なテンポに比べて明らかに速いらしい。高田が笑って言った。

「計の、『俺ならこう弾く』っていうアレンジだろうね。これはこれで面白い」

　譜面の指示を無視しているものの、秋本の演奏はかえって曲の持つドラマチックさを強調していた。速弾きでありながら流れの緩急がしっかりついていて、フロアの客があっという間に彼の演奏に引き込まれていく。

（……すごい）

「あいつはときどきああして気が向いたときにクラシックを弾くことがあるんだけど、やっぱ上手いんだよな。昔ベートーベンの『テンペスト』を聴いたときは、鳥肌が立ったよ。知ってる？　計は中学までに、ありとあらゆるピアノコンクールを総なめにしてたって」

　高田に突然そう言われ、芽依は驚く。

「……知らないです」

「中学二年までにあちこちで優勝しまくって、神童扱いだったってさ。でも突然そういった場から姿を消したんだって、前にお客さんが言ってた。その人も昔ピアノをやってたらしくてね、たまたま計の名前を覚えてたんだけど、確かにあいつ、高校生のときピアノを弾かせたらすごかったんだ。明らかに並のレベルじゃなくて、当時の店のオーナーが惚れ込むくらい」

——親にピアノを続けるのを反対されたことが、秋本がコンクールから姿を消した原因だろうか。彼は自分の過去の受賞歴について一切語らず、芽依は何も知らなかった。

(ピアノが上手いとは思ってたけど、そんなに華々しい実績があったんだ……)

考え込む芽依を見た高田が、不思議そうな顔で言った。

「知らないなんて意外だな。計の昔の知り合いって聞いたけど」

「あ、わたし、高校のとき一緒だっただけで……秋本は学校で弾いたりしなかったし、あんまりそういうことも自分から言わなくて」

「『秋本』ねえ」

芽依の呼び方を聞き、高田が笑う。からかうようなその響きに、芽依の頬が熱くなった。

「芽依ちゃんはあいつのこと、苗字で呼ぶんだな。計とつきあってるんだよね?」

「いえ、あの……」

「ウォッカロックお願いしまーす」

動揺してしどろもどろになっているところで、カウンターにホールのウェイトレスがやってくる。どうやら先ほどピアノのリクエストを入れた女性客たちからの、秋本への奢《おご》りらしい。女性グループはあからさまに色めき立っていて、そんな彼女たちと穏やかに会話している秋本の姿を見た芽依の心が、シクリと疼いた。

　高田が出したウォッカのグラスを持ち、ウェイトレスの相沢真子《あいざわまこ》がフロアに戻ろうとする。カウンターから去り際の彼女から冷ややかな視線を向けられ、芽依はいたたまれなさをおぼえた。

（ああ、やっぱり居づらいな……）

　——やはり自分は、あまりこの店には来ないほうがいいのかもしれない。そんなことを考えながら芽依はバッグを手に取り、高田に会計を頼んだ。

「わたし、そろそろ帰ります。おいくらですか？」

「芽依ちゃんが来たときの会計は自分に回せって、計が言ってたけど」

「いえ、そういうわけには……。これでお願いします」

　五千円札を出し、おつりを受け取った芽依は、店を出た。途端に吹き抜けた夜風がワンピースの裾を揺らし、ほんの少し肌寒さを感じる。

　歩き始めてしばらくして、芽依は名前を呼ばれた気がして振り返った。店から出てきた秋本が、追いかけてくるところだった。

「……秋本」

「もう帰るの？」

「うん。明日も仕事だし」

風に舞い上げられる髪を押さえつつ、芽依はそう答える。秋本は端正な顔にどこか不満げな色をにじませ、芽依を見下ろして言った。

「俺が終わるまで待ってて、そのままうちに泊まればいいのに」

「駄目だよ。明日も仕事だし……わたし、家に帰っていろいろすることがあるから」

「何を？」

「……洗濯とか、掃除とか。いろいろだよ」

夜の仕事で昼間に寝ている秋本と、日中に仕事をしている芽依は、生活サイクルが合わない。再会してから二週間ほどが経つが、秋本は頻繁に会いたがり、店に来てほしいと言った。

「芽依の飲み代は俺が払うから」とまで言われ、実際最初の二回ほどは彼に無理やり奢られたものの、いつまでも甘えるわけにはいかず、今は自分で代金を支払っている。

最近は店に顔を出しすぎたせいで、周りに秋本との仲を勘繰られるようになったことにも、芽依は気が引けていた。しかし秋本は、そんな芽依の気持ちに全く気づいていないようだ。そもそも彼は他人の反応自体、眼中にない気がする。

（マスターはともかく……）

——秋本の変化を感じ取ったのか、ウェイトレスの真子は明らかに芽依への態度が変わった。最初はごく普通に愛想が良かったのに、今は目が合うたびにツンとした態度を取られる。

おそらくかなり本気で秋本のことが好きなのだと思うが、自分を見る目の冷ややかさがあまりにもあからさますぎて、何度もされるうちに芽依は気持ちが滅入ってきていた。

それに店は最近、混んでいることが多い。女性客ばかりが目に付くのは、店長の高田いわく秋本がいるためだ。イケメンピアニストがいるバーに、ノーチャージのリーズナブルな価格で入れる——とSNSやローカル誌で話題になり、口コミで人気が出てきたという。

そうした女性客たちが秋本の行動をそわそわと気にしていることもあって、芽依は店ではあまり彼と話をしたくないと思っていた。いらぬ恨みなど買いたくないし、本音を言えば行く回数自体を減らしたい。

しかし芽依が行かなければ秋本と会う機会は週末しかなく、それでは彼が臍《へそ》を曲げそうだ。再会して以来、一日おきくらいに会っているのに、秋本からは毎回帰り際にこうして不満げなオーラを出される。

（わたしも、会いたくないわけじゃないんだけど……）

遅くなると翌日に差し支えるため、芽依が秋本の仕事終わりである零時まで店にいることはない。二時間ほど来店してほんの少し会話をするだけというのが、秋本には納得がいかないらしい。

「……ちょっとこっち来て」

ため息をついた秋本に腕を引かれ、芽依はビルの隙間に誘い込まれた。

往来から薄暗い路地に入った途端、すぐに身体を引き寄せられる。抱きしめられて薄手のニット越しに彼の硬い胸を感じた芽依は、その匂いを吸い込みながら「こんな格好で寒くないのかな」とぼんやり考えた。

そんな芽依の頭上で、秋本が言った。

「せっかく来てくれても、こんな少しじゃ全然会った気がしない。本当に泊まるのは無理？」

「……だから、家ですることがあるんだってば」

――秋本は昔に比べ、格段にスキンシップが増えた。

高校時代あんなに素っ気なかったのが嘘のように、再会して以来彼は芽依への好意を隠そうとしない。それは大人になって性格が変わったからではなく、積極性を身に付けなければアメリカの社会ではやっていけなかったせいらしい。黙っていても誰も察してはくれないため、言葉や態度でどんどん意思表示しなければならないそうだ。そうした彼の態度に、芽依はまだ戸惑いをおぼえていた。

店でもそうだ――と芽依は考える。せっかく秋本目当ての客がいっぱいいるのだから、わざわざこちらに構わなくていい。話すときに蕩《とろ》けるように甘く見つめたり、髪に触れたり、去り際に名残惜しげにしたりと、周囲の目があっても秋本の行動はストレートだ。

そんな様子は、普段の顔が淡々としているだけにひどくギャップがあり、だからこそ芽依はウェイトレスの真子にツンとした態度を取られているのだと思う。

（秋本にそういう部分を「察して」って言っても……やっぱり無理なんだろうな）

昔より格段に社交性が増し、人前で如才なく振る舞えるようになった秋本だが、彼の根底にある「他人に興味がない」という部分は、おそらく変わっていない。

内心ため息をつきつつ、芽依は秋本の胸から顔を上げた。

「秋本、わたしもう帰――……、んっ」

言いかけた瞬間、キスで唇を塞がれる。ウォッカの香りのする舌で口腔《こうこう》を舐められ、芽依は一瞬眩暈《めまい》がした。

「っ……待っ、……は……っ……」

午後九時半の歓楽街は、人の通りが多い。ビルの狭間は薄暗く狭いものの、視線を向ければ自分たちがキスをしているのはきっと往来から見えてしまうだろう。

人目に触れるのが嫌で「やめなければ」と思うのに、ゆるゆると舌を絡められる。あやすようにくすぐったかと思うと、うんと深いところまで押し入られ、芽依は思わず身体の力が抜けそうになった。

（……ああ、もう）

――キスでその気にさせようとしているのが、丸わかりだ。秋本が色仕掛けで自分を引き止めようとしているのを悟り、芽依の心に困惑といとしさが入り混じった、何ともいえない気持ちがこみ上げる。

（一緒にいたくないわけじゃ、ないのに……）

自分の中には、秋本への気持ちにブレーキをかけている部分が確かにある。それは何なのだろうという疑問が、芽依の頭の隅をかすめた。

どうにかキスを切り上げ、芽依は精一杯普通の顔を装って秋本に言った。

「……外でこういうの、やめて」

「じゃあゆっくりできるところでする？」

「まだ仕事があるでしょ。さっきのお客さんたち、秋本を待ってるよ？　きっと。……だから早く戻って」

秋本はがっかりした顔でため息をついた。

「さっきのは別に、特別な客じゃないよ。曲のリクエストくれたあとに一杯奢るって言われて、お礼がてら話をしてただけ」

「……わかってるよ」

実は少しだけ妬いていたのは、秋本には内緒だ。そんな芽依の腰を抱き、彼は髪に顔を埋めて問いかけてきた。

「明後日は金曜だから、店に来てそのまま俺ん家に泊まれる？」

「……うん」

先週の金曜も、そうして一緒に過ごした。平日は芽依がだいたいこの時間に帰るため、ゆっくり会うのは週末までお預けとなる。

「じゃあそれまで我慢だな」

無念そうな顔をする秋本が可愛くて、芽依は思わずつま先立ち、彼の頬にキスをした。

「……またね」

「うん。……気をつけて」

芽依の唇に触れるだけのキスを返し、秋本がようやく身体を離す。

名残惜しい気持ちを振り切るように、芽依は地下鉄の駅へと足早に歩いた。もう四月だが、春が遅いこの地域では夜はまだ肌寒く、芽依はジャケットの前をそっと掻き合わせる。

いつだって、別れのときは切ない。もっと一緒にいたいと感じるし、会えないときは顔が見たいと思う。七年五カ月ぶりに再会して以来、恋心が再燃しているのは秋本と同じだ。

それなのになぜかいまひとつ踏み切れない自分の心を、芽依は持て余していた。

――秋本に「好きだ」と言われたときは、うれしかった。「俺の中では終わっていない」と告げられ、かつてのつらかった記憶が少し薄れるような気がした。彼が自分への好意を隠そうとしないのも、たまに困るがうれしいと感じる。

秋本と再会した日、芽依はそれまで交際していた夏川と別れたばかりだった。フリーになった今、秋本とつきあうのに何も問題はないはずだ。それなのに芽依は、どこかで自分の心をすべて秋本に預けないようセーブしている。

どうしてだろう、とその理由を考えた。

(わたし……もしかしたら「秋本といつ別れても大丈夫なように」って、考えてる?)

先日秋本と話をした際、そして今日の高田との会話でも、芽依は引っ掛かりをおぼえていた。「秋本はしばらくこちらにいるだけで、いずれアメリカに戻るつもりでいる」という事実が、抜けない棘《とげ》のように心に突き刺さっている。

(今住んでるのは、ニューヨークだって言ってたっけ……)

芽依と一緒にいるとき、秋本のスマートフォンにはしばしば着信があった。会話の内容はあえて聞いていないものの、話しているのはいつも英語のため、おそらくあちらの人と連絡を取らなくてはならない用件があるのだろう。今のところすぐアメリカに帰る予定ではなさそうだが、もしそうなった場合について、芽依はぼんやりと考える。

(秋本がアメリカに帰ったら……わたし、どうしたらいいんだろう)

——遠距離恋愛。そんな関係に、はたして自分は耐えられるのだろうか。

今でこそ惜しみなく愛情を示してくれる秋本だが、遠く距離が離れてしまったらどうなるかわからない。そんなことを考え、芽依は暗い気持ちになる。七年半前に置き去りにされた記憶が脳裏によみがえり、強く胸が痛んだ。

もう二度と、あんな思いはしたくない。だからこそ秋本に「好きだ」と言われても、明確に言葉を返せないのかもしれない。

（わたしって、ずるい……）

会うたびに愛をささやかれても、芽依はいつも曖昧《あいまい》にそれを受け流していた。そんな態度に、秋本がときおり物言いたげな空気を漂わせているのを芽依は知っている。ちゃんと気持ちを返さないくせに、今の自分は彼の愛情だけを受け取っている。それが卑怯《ひきょう》だという自覚が、芽依にはあった。

（でも……）

それでも、言えない。「秋本が好き」――そう言ってしまうと、何もかもを彼に預けてしまいそうで、もしそれを失ってしまったときのことを考えて、芽依は怖くなる。

さほど混んではいない地下鉄の車両の中、ドアガラスにもたれて芽依は嘆息した。

（……わたしも好きだよ、秋本）

口には出せなくても、彼への想いは確実に心の大部分を占めている。夏川と別れた痛みが吹き飛ぶくらい、秋本との再会は芽依にとって大きなでき事だった。

彼がピアノを弾く姿に、その手が紡ぎ出す旋律に、会うたび魅了されている。昔より大人びた姿も、煙草を吸うしぐさも、声も手もセックスも——かつてとは違う「今」の秋本に、強く心惹《ひ》かれていた。

それでも秋本に言えないのは、自分の全部を明け渡したくないというプライドのせいなのだろうか。それとも、いつか来るかもしれない別れに準備しておきたいという、後ろ向きな心の現れなのだろうか。

本当は今日、彼の家に泊まってもよかった。拗ねたような秋本の顔を思い出し、芽依は寂しく微笑む。これ以上好きになりたくないからあえてつれなくするのだといったら、彼は一体どんな顔をするだろう。

(ひょっとするとわたし、肝心なところで煮え切らないタイプなのかも……)

秋本が最後に学校に来た七年半前のあの日も、傷つくのが怖かった芽依は、彼を捕まえて話をする勇気がなかった。

「Ｌａｒｇｏ」でもそうだ。秋本が好きなら堂々としていればいいのに、それができない。いつも真子や他の女性客の目を気にして、曖昧な態度を取ってしまう。

(秋本が不満な顔をするの、当たり前だよ。あんなに態度に……出してくれてるのに)

秋本の非凡な才能にも、本当は引け目を感じていた。彼がかつてピアノのコンクールを総なめにしていたなど初耳で、今日は高田に話を聞いて本当に驚いた。

頭の中には、先ほど秋本が弾いたドビュッシーの零れるような調べが流れている。

地下鉄が自宅の最寄り駅に到着し、芽依はホームに降り立った。自分で断って帰ってきたくせに、別れた途端にこみ上げる慕わしさを持て余しつつ、芽依は改札への階段を上る。——好意を寄せられてうれしいのに、心にはいつも寂しさが付き纏《まと》っている。別れるときのことばかり考えるのなら、今彼とつきあっている意味はあるのだろうか。

秋本との関係が今後どんなふうになっていくのか、全く先が見えない。人波に押し流されて改札を通り抜けながら、芽依は靴先を見つめて重いため息をついた。

＊　＊　＊

「ｂａｒ　Ｌａｒｇｏ」の営業時間は、午後八時から翌朝三時だ。しかしピアニストの秋本の勤務時間は、毎日零時までと決まっている。営業時間内は秋本が好きな曲をＢＧＭとして気ままに演奏したり、客からのリクエストを有料で弾いたりしているが、それ以外の時間はレコードが流れていた。

店はジャズのレコードが五千枚以上あるのも隠れた売りで、それを目当てに来る客も多い。そうした人々は大抵耳が肥えており、秋本は手が空いたときに彼らと酒を飲みつつ音楽談議をすることもある。カウンターにいる高田も同様で、彼はバーテンダーという職業ながら、ジャズのみならず音楽全般に造詣が深かった。

その高田は、一時間ほど前からカウンターに座る男性客と話し込んでいた。その二つ隣の席には、芽依が座っている。彼女は高田や男性から話を振られるたび、笑顔で受け答えしていた。そんな様子を眺めながら仕事を終え、秋本は午前零時にピアノの前から離れる。

上着を手にカウンターに向かうと、途中のテーブルを片づけていた江田島が笑顔で「お疲れ」と言ってきた。その声に気づいた芽依が、こちらを振り返る。

秋本は彼女に声をかけた。

「待たせてごめん。行こうか」

芽依が頷き、席から立ち上がる。秋本はカウンターの高田に視線を向けた。

「マスター、上がるよ。お先」

「おう、お疲れさん」

「あ、お会計……」

バッグから慌てて財布を出そうとした芽依に、秋本は出口に向かいつつ言った。

「いいよ、俺につけといて。行こう」

「えっ、でも」

「オッケー、つけとくよ、計。またな」

心得た様子の高田にあっさりスルーされ、芽依は気後れした様子で頭を下げる。そして秋本を追いかける形で、店から出てきた。

金曜の夜、店は混んでいたが、秋本の勤務時間に変更はない。元々オーナーの土岐に「どうしても」と頼み込まれて手伝っているため、勤務時間や休日などは好きにさせてもらっていた。

芽依が申し訳なさそうに言った。

「秋本……ごめんね。また奢ってもらっちゃって」

「俺の都合でわざわざ店まで来てもらってるんだし、気にしなくていいよ」

今日の芽依は午後六時に仕事が終わったあと、一旦帰宅して雑事を片づけてから「Ｌａｒｇｏ」に来たらしい。

週に二、三回店を訪れるようになって以来、芽依はカウンターにいる高田や江田島と打ち解け、いつも楽しそうに見えた。今日は忙しく、彼女と話す機会が一度もなかった秋本は、ピアノを弾きながらずっとそんな後ろ姿を眺めていた。店に来てくれるのはうれしいし、たとえ話せなくても姿が見られればホッとする。だがここ最近の秋本は、軽い気鬱を感じていた。

秋本は隣の芽依を見下ろして言った。

「――これからどっか、飲みに行こうかと思ってたけど」

「ん？　うん。どこにする？」

「……やっぱやめた」

秋本はあっさりそう言って芽依の手をつかみ、ビルの前にいた客待ちのタクシーに乗り込む。運転手に自宅の住所を告げた途端、芽依が驚いた顔をした。動き出したタクシーの中、秋本はため息をついてシートに背中を預け、目を閉じる。

そんな様子を見た彼女は、ひどく戸惑っているようだった。

「秋本、あの……」

秋本は目を開けず、繋《つな》いだままだった芽依の手のひらをそっと人差し指でなぞる。彼女が息をのみ、その身体がかすかに震えた。手のひらや指の間を爪で引っ掻きながらなぞっていくと、芽依が息を詰める気配がした。

「……っ」

（……可愛いな）

こっそり片目を開けて窺《うかが》ったところ、芽依はいたたまれない様子でうつむいていた。手を解《ほど》きたそうにもじもじと動かしてくるが、秋本は離さない。そうしてささやかな悪戯をしているうち、タクシーは十五分ほどで秋本の自宅に着いた。

支払いを済ませて車から下り、自宅の玄関に入る。ドアが閉まった瞬間、秋本は芽依の身体を引き寄せた。

「あ……っ」

腕を強く引いて顎《あご》をつかみ、キスで唇を塞《ふさ》ぐ。よろめいた彼女の背中が、背後のドアにぶつかった。そのまま身体を押しつけ、秋本は覆い被さるようにキスを深くする。舌を絡めて吸い上げ、口腔《こうこう》をなぞると、芽依の喉奥からくぐもった声が漏れた。

「……っん、……うっ……」

声も舌も甘く、触れる端からもっと欲しくなる。秋本は芽依の舌を堪能し、ようやく唇を離した。薄暗い玄関の中、息を乱した彼女が、ささやくような声で秋本に言った。

「あの……もし疲れてるなら、無理しないで。わたし、もう帰るから」

「別に疲れてないよ。何で？」

「でもさっき、飲みに行くのやめるって……。それにタクシーの中でも、眠そうにしてて」

「――我慢できなかっただけだ。時間が勿体《もったい》ないし」

「えっ？」

淡々とした口調で答えた秋本は、芽依の手をつかんで靴を脱ぐ。そのまま電気を点けず、階段を上った。二階の寝室のドアを開けた途端、芽依がつぶやく。

「我慢って……そういう意味だったの？」

「他に何があるの？」

電気を点けてベッドに芽依を座らせ、秋本は自分の手首からはずした腕時計をサイドテーブルに置いた。立ったまま芽依を見下ろすと、秋本の言葉を即物的に感じたのか、彼女はどこかむくれたような顔をしている。秋本は微笑んで腕を伸ばし、その頰を撫でた。

今日の彼女は白のブラウスにフラワープリントの紺のスカートを合わせた、清楚でフェミニンな服装だ。柔らかな色味の髪が肩口に掛かり、透けるような肌と長い睫毛が、男が放っておかない雰囲気を醸し出している。

そんな芽依を見つめ、秋本は言った。

「……店に来てほしいとは言ったけど、最近はちょっと考えものだな」

「えっ？」

「俺の精神衛生上、よくない。今日も何人かの男に声かけられてたし」

――今日、午後十時に店を訪れた芽依は、カウンターの定位置に座った。初めは高田と談笑していた彼女だったが、その後化粧室に行った帰り、二人組の若い男性客に声をかけられていた。立ったまま会話をし、おそらくは彼らの誘いを断ってカウンターに戻った芽依が、一時間後にまた別の客から話しかけられていたのを秋本は知っている。

そうした光景を見るのは、今日が初めてではない。彼女は店に来るたびに誰かしらに声をかけられていて、それを見た秋本はいつもモヤモヤとした気持ちを味わっていた。

芽依が慌てた顔で言った。

「秋本、あれは別に……」

「女の一人客だから、男が気にするのもわかるけど。芽依には何となく、隙があるんだよな」

芽依が「……隙？」とつぶやき、思いがけないことを言われたように目を見開く。秋本は笑って言った。

「男に誘われ慣れてる雰囲気――男がつけ入りやすい隙、だ」

「………」

――芽依の雰囲気は柔らかく、顔立ちや服装は可愛らしい。彼女は誰に話しかけられても嫌な顔ひとつ見せず、いつもふんわりした笑顔で応対していた。そんな態度は、傍から見ていてもひどく男心をくすぐる。警戒心がなく無防備に見え、「押せば簡単になびくのではないか」という気持ちを男に抱かせる。だからこそ店に来るたび、彼女に声をかける男があとを絶たないのだろう。

秋本の言葉を聞いた芽依は、微妙な表情になった。もしそんなつもりがなくやっていたことなら、秋本から言われた言葉は彼女にとって不本意なものかもしれない。

それでも自分の発言を撤回せず、秋本は芽依の顎を上げると、親指で彼女の唇を思わせぶりになぞった。

「……今日は口でしてもらおうかな」

淡々とした表情の奥底に熱情を押し殺し、秋本は平坦な声でそう告げる。

芽依が戸惑いの眼差しで秋本を見上げた。以前彼女は自分から「口でする」と申し出てくれたことがあったが、そのときの秋本はやんわりと断った。それなのに今こうして求めているのを、一体彼女はどう思っているだろう。

（……嫉妬するとか、我ながらすげーダサいけど）

「………」

芽依が無言で秋本のベルトのバックルに手を掛けた。

ジッパーを下ろして下着をずらし、彼女はまだ兆していない秋本の欲望を取り出す。うなだれていても質量のあるそれを持ち上げ、芽依は秋本の顔を見ながら先端を口に含んだ。

「……っ」

秋本は一瞬、かすかに身体を震わせた。ぬめる小さな舌が亀頭を舐め、優しく吸い上げる。ピクリとそれが反応した途端、芽依がより深くそれを咥え込んできた。温かい口腔、そして濡れて柔らかな舌の感触に、幹が硬く芯を持ち始める。

（………。上手いな）

くびれを舌でなぞり、鈴口をくすぐられて、ダイレクトな刺激を受けた屹立が徐々に張り詰め出した。小さな口がすぐにいっぱいになり、危うく歯を立てそうになったのか、彼女は一旦秋本のものを口から出す。しかし行為はやめず、幹に走る太い血管をじっくり下から舐め上げてきた。

清純な雰囲気とはギャップのある淫らなその姿を眺め、秋本は押し殺した息を漏らす。

反応されてうれしいのか、芽依はますます熱心に口での行為に没頭した。

根元をくすぐるように舐めたあと、彼女はじっくりと幹全体を舌でなぞる。充実した硬さについばむようなキスをして、再び先端を口に含んできた。

そんな芽依の頭を、秋本はそっと撫《な》でる。指通りのいい柔らかな髪を掻き混ぜると、彼女は幹を手でしごきつつ、舌のザラザラした部分で亀頭をこするように舐めてきた。

「……っ」

(あー、これはヤバい……)

強い快感をおぼえ、芽依の頭に触れる秋本の手に思わず力がこもる。彼女が窺うように視線を上げてきて、秋本は黙ってそれを見つめ返した。

(……普通の奴なら、今のでひとたまりもないんだろうな)

──芽依の口での行為は、かなり上手い。丁寧で情がこもっており、一生懸命な様子は、ビジュアル的にもかなりそそるものがあった。

しかし秋本の中には、苦い気持ちがこみ上げていた。そもそも他の男に嫉妬して自分から求めた行為のはずなのに、今はその巧みさから、むしろこれまで彼女がつきあってきた男の存在を強く意識させられてしまっている。

(……まあ、それなりに時間が経ってるんだから、経験があって当たり前だろうけど)

軽蔑するつもりは微塵《みじん》もないが、他の男が教えた行為だと思うと、何だか癪《しゃく》だ。

そんな思いを抱く秋本とは裏腹に、彼女は相変わらず熱心に屹立を口に含んでいた。押し寄せる快感の波を息を吐くことでやり過ごしていると、やがて芽依が視線を上げてくる。

彼女は不満げな様子で言った。

「……気持ちよくない……？」

「ん？　すっごいいいよ」

「じゃあ出して」

秋本がなかなか達《い》かないのが、彼女は気に入らないらしい。頬を膨らませる様子が可愛いと思いつつ、秋本は笑って答えた。

「口で達《い》くより、俺は芽依の中に挿れたいかな」

芽依は怒るかもしれないが、秋本は自分の射精をある程度コントロールできる。口でされるのには充分な快感があったものの、秋本にとってはあくまでも前戯的な行為のため、無駄玉を打つ気はなかった。

そうした余裕を感じ取ったのか、彼女はムッとした表情を浮かべた。秋本がなだめるように濡れた唇を親指で拭ってやると、芽依は上目遣いにじっとりと睨んでくる。指に軽く歯を立てられ、秋本はそれを見下ろして喉の奥で笑った。

「エロい顔して……。芽依は本当に、俺を煽るのが上手い」

清純な雰囲気のくせにときおり生意気で、そんなギャップに惹きつけられる。

秋本は芽依の身体をベッドに押し倒した。すると彼女は秋本の腕をつかみ、慌てた顔で言う。

「待って。わたし、先にシャワー……」

「冗談だろ。これ以上待てない」

秋本は芽依のスカートをまくり上げ、ストッキングに手を掛ける。抵抗をものともせずに脱がせて床に放ると、自分も上半身裸になった。

秋本の身体を見た芽依が、かすかに頬を染めて視線をそらす。秋本は手を伸ばし、彼女のスカートの下の太ももを撫でた。

「……ぁっ……」

すべすべした感触を愉しみ、ゆっくり撫で上げて下着越しに花弁に触れる。芽依の身体が、ビクリと震えた。

「……んっ……」

「もう濡れてる。舐めてるうちに感じちゃった？」

秋本に揶揄《やゆ》された芽依が顔を赤らめ、もどかしげに足先でベッドカバーを乱す。湿って熱くなった感触をしばらく撫で、秋本は下着の横から指で中を探った。蜜口から溢れた愛液をゆるゆると花弁に塗り広げ、襞を掻き分けて中に指を埋め込む。

「んっ……は……っ」

「……柔らかい。慣らさなくてもすぐ挿入りそうだな」

ずらした下着の横から深く指を蜜口に沈め、ぬかるんだ隘路《あいろ》を行き来させる。粘度のある水音が立って中がビクビクと震え、秋本の指を締めつけてきた。奥を探った指を入り口まで戻し、秋本は挿れる本数を増やす。狭いところに二本の指をねじ込まれた芽依が喘いだ。

「んっ、待……っ、……あっ……！」

内部を確かめるようにぐるりと指を回し、わざと音を立てて指を動かしながら、秋本は残った左手で彼女のブラウスに手を掛ける。片方の手で器用に全部のボタンをはずし、あらわになったブラ越しに胸の丸みを撫でた。

「上下お揃いの下着、可愛い。……わざわざ俺のために着けてきた？」

笑みを含んだ秋本の問いかけに、芽依はじんわりと顔を赤らめる。そして小さな声で答えた。

「そ、そうだって言ったら……？」

「もちろんうれしいよ。脱がすのが勿体《もったい》ないくらい」

秋本は芽依の胸のふくらみにキスを落とし、背中のホックをはずす。

緩んだブラから零れ出た胸の頂に吸いつくと、芽依が甘い息を漏らした。舌先でなぞるように舐め、尖り出した先端を舌で押し潰す。途端に秋本の指を受け入れていた内部が反応し、一気に潤みを増した。より深くねじ込んだ指がいいところに当たったのか、中がビクリとわななき、きつく締めつけてくる。

秋本はひそやかに笑った。

「すっごい濡れる……スカート汚しちゃうな。脱ぐ?」

芽依が頷き、秋本は指を引き抜いて彼女の服を全部脱がせる。所在無げに膝を閉じる芽依の前で、秋本は避妊具を手早く自身に装着し、膝を開かせて彼女の脚の間に身体を割り込ませた。上体を倒して屈み込むと、芽依が首を引き寄せ、口づけてくる。小さな舌が押し入ってきて吐息が交ざり合い、秋本はそれに応えた。

「は……っ」

見つめ合ったまま、キスを交わす。秋本が絡める舌を、芽依は甘い息を吐きつつ吸い返してきた。秋本はキスを続けながら彼女の片方の脚を抱え上げ、蜜口からゆっくり屹立をめり込ませる。芽依が喉奥から、くぐもった声を漏らした。

「んぅっ、う……っ……はっ……」

充実した屹立が、熱くぬかるんだ隘路にのみ込まれていく。濡れて狭い内部が蕩けるような感触で昂ぶりを受け入れ、秋本に強い快感を与えた。芽依が潤んだ眼差しを向けてきて、庇護《ひご》欲と征服欲を同時に刺激される。

最奥まで屹立を埋め込み、秋本は熱っぽい息を吐いてささやいた。

「……ずっと抱きたかった。一週間が長すぎた」

「あ、……っ……」

「芽依の顔は見たいけど、すぐに帰られて触れないのはきつかったな。かといって『明日も仕事だから』って言われたら、無理に引き止めることもできないし」

「あっ、あっ……！」

律動を開始し、秋本は反応するところばかりを狙いすまして芽依を喘がせる。しがみついてきた小さな手首をつかみ、ベッドに縫い留めた。秋本はそのまま深く腰を押しつけ、律動を送り込みながら言った。

「……来た途端に、客の男に声かけられてるしな。危なっかしくて、目が離せない」

「あっ、はっ……ぁ……っ」

結合を深くし、荒々しく抽送を速める。華奢な身体を押さえ込んで繰り返し根元まで屹立を埋めると、芽依の喘ぎがひときわ高くなった。かすかに呼吸を乱しつつ、秋本は前髪の隙間から熱っぽく彼女を見下ろしてささやいた。

「……俺がどれだけ芽依に夢中になってるか、知らないだろ」

「んっ、……ぁ……っ……な、に……？」

「――見た目は清楚なのに、男のあしらいに慣れてる。恥ずかしがりやで初心に見せかけておいて、思わぬところでエロい。快楽に弱いくせに、全部は預けてこない……」

秋本の言葉を聞いた芽依が、ドキリとしたように目を見開く。その反応を見た秋本は、やはり彼女には自覚があったのだと確信した。

(芽依が俺に気持ちを示してくれないのは……やっぱわざとなのか)

消極的な態度にもどかしさをおぼえつつ、秋本は乱れた髪が掛かる芽依の顔をじっと見下ろした。

「七年半前より、今のほうがずっと目が離せなくなってる。——なあ、どうしたら全部俺のものになる?」

＊　＊　＊

秋本の身体の下で、芽依はドキリとして身を固くしていた。「全部を預けてこない」という彼の言葉が、鋭く胸を貫いていた。

(ひょっとして、秋本は……気づいてたの?)

彼を好きになりすぎないよう、気持ちをセーブしていることを。そう考えると罪悪感がこみ上げ、芽依は胸が苦しくなる。

芽依の態度にもどかしさを感じながらも、秋本はそれを口に出すことができなかったのかもしれない。——不安に思っていたのかもしれない。そんな考えを裏付けるように、彼の眼差しの奥にはときおり焦れた色が垣間見えていた。

秋本が芽依に額を合わせ、ため息に似た声でささやいた。

「好きだ。こんなに何もかも欲しいと思った相手は、他にいない。……芽依だけなんだ」

押し殺した声が孕《はら》む熱情に、芽依の胸がきゅうっとする。秋本は昔、「興味の対象が狭く、感情の振れ幅が極端に低い」と自己分析していた。そんな彼の情熱的な言葉に、芽依の気持ちが強く揺さぶられる。心の中にみるみる秋本への想いが溢れ出し、喉元まで言葉が出かかった。

（わたしも――わたしも、秋本が好き……）

「……っ……」

しかし芽依は、すんでのところで言葉をのみ込んだ。いくら好きな気持ちがあっても、やはり言えない。

（だって秋本は……いなくなる。いつかわたしを置いて、アメリカに帰っちゃう……）

それはヒヤリとした確信だった。遠くない未来、芽依はまた七年五カ月前のように置いていかれてしまう。だから過剰に傷ついたりしないよう、どこかで割り切らなくてはいけないのだと考えていた。もしかつてのように気持ちの何もかもを持っていかれてしまったら、きっと立ち直れない。

芽依は今さらながらに、七年半前の自分がどれだけ傷ついていたのかを思い知った。心が潰れそうになって苦しくて、無理やり秋本との日々をなかったことにしようとした。そうでなければ、到底彼を諦められなかった。

(でも……)

——こんな言い方をされて、再び秋本との別れに耐えられるのだろうか。他人に対して無関心なはずの彼に「全部が欲しい」とまで言われ、そこまで気持ちを向けてくれる秋本を、アメリカに帰るからといって諦めることができるのか。

(わたしは……)

ズキリと心が痛みを訴えたものの、かろうじて顔を歪めずに済んだ芽依は、言えない言葉の代わりに秋本の顔を引き寄せて口づける。もうとっくに深みに嵌《は》まっているような気がするのに、やはり全部を明け渡せないと思う自分は、往生際が悪いのかもしれない。

(好きだよ。ほんとは秋本の、全部が好き……)

たとえ秋本が何度も「好きだ」と言ってくれても、今の芽依は彼と物理的に離れるのに耐えられない。きっと会えないうちにどんどん心が弱って、自分の目が届かない部分に疑心暗鬼になってしまうだろう。

ならば今の関係は一時のものだと考えて、ある程度線引きをしたほうがいい。いつでも引き返せるように気持ちを抑えて、一緒にいる時間を楽しんだほうがいい。そう考えた。

「っ……秋本、もっと……」

だから芽依は、精一杯の態度で彼に気持ちを示す。自分には今しかない、こうして彼を一番近くに感じられるのはわずかな時間しかないと思うと、いとおしさに胸が締めつけられた。

（ずーっとこうして抱き合っていられたら、不安に思うこともないのに……）

「奥まできて……んっ、ぁっ！」

芽依の言葉に煽られた顔で、ぐっと奥歯を噛んだ秋本が深いところまで入り込んでくる。彼の汗の一滴すらいとおしく、芽依は手を伸ばして秋本の額に触れ、彼の乱れた前髪を掻き上げた。

噛みつくようなキスを受け止めながら、芽依は心の中で願う。いつか別れの日が来るなら、一日でも遅ければいい。それまでに少しずつ諦めるから……と。

「ぁっ……はっ、もうだめ、達《い》っちゃ……」

揺らされながら秋本の腕を強くつかみ、芽依は小さく訴える。するとますます突き上げを激しくしながら、秋本が押し殺した声で言った。

「……っ……いいよ、――ほら」

熱っぽい吐息交じりの声で耳元でささやかれ、弱いところを的確に抉られる。身体の深いところで快楽が弾けた瞬間、芽依は思わず秋本の肌に強く爪を立てていた。それと同時に秋本も息を詰め、彼の屹立が中でビクリと震えるのを感じる。

高いところから落とされるような疲労感をおぼえ、芽依はすぐに目を開けていられなくなった。秋本といる時間の一分一秒すら惜しいのに、自分の体力のなさが恨めしい。

強い睡魔に襲われて、気づけば芽依は意識を手放していた。


――どれくらい時間が経ったのか、肌寒さを感じて目が覚め、芽依はベッドの上に身体を起こした。

素肌にタオルケットが掛けられていたものの、室内はひんやりとしており、むき出しの肩が寒い。床には脱ぎ捨てた服が散らかったままで、先ほどの秋本との時間を思い出した芽依は、小さく息をついた。

（……わたし、また寝ちゃったんだ）

秋本の姿は、部屋の中になかった。時刻は午前四時を示していて、カーテンの外はうっすらと明るくなり始めている。秋本はまた、階下で起きているのかもしれない。そう考えた芽依は、身体にタオルケットを巻きつけて部屋を出た。

以前泊まったときのようにピアノの音が聴こえるかと考えたが、何の音もしない。一応リビングを確認しようと思い、芽依は薄暗い階段を下りた。長い廊下の突き当たり、曇りガラスが嵌まったドアをそっと開けると、窓辺でこちらに背を向けて立っている秋本が見える。

　彼はスマートフォンを手に、何やら話していた。

（あ、また英語……）

「……《もう少しだけ待ってほしい。俺に考える時間を与えてほしいんだ》」

　秋本は電話の相手に、抑えた口調で語りかけている。

「《俺の我が儘だって、充分わかってるよ。君には迷惑をかけて申し訳ないと思ってる》」

　秋本は煙草を咥えて火を点け、しばらく黙り込んだ。そしてまたスマートフォンに向かって言った。

「《でも今引っ掛かってる案件は、俺にとってすごく重要で、中途半端にはできないことなんだ。与えられたチャンスを大事にしろっていう君の指摘は、とても正しい。でも……》」

　それから二、三言葉を交わし、秋本は舌打ちしながら通話を切った。苛立《いらだ》ちがにじんだため息をつき、彼はピアノの上に乱暴にスマートフォンを投げ出す。置いてあった水のボトルを手に取って一口飲んだところで、秋本はドアから覗《のぞ》く芽依に気づき、驚いた顔をした。

「何だ、起きたの？」

「秋本が、いなかったから……」

　思ったよりもか細い声が出て、芽依はそんな自分に居心地の悪さをおぼえた。芽依の言葉を聞いた秋本は表情を和らげ、ピアノの椅子に座って言った。

「……おいで」

芽依はタオルケットを引きずりつつ、秋本のそばまで行く。そんな様子を見た彼が、噴き出しながら言った。

「何でそんな格好してんの？」

「だって部屋にバスローブとかがなくて……服を着てくるのも変だし」

「そっか。なるほど」

先ほどまでの苛立った様子が嘘《うそ》のように、秋本の雰囲気は穏やかだ。それにホッとしていると、彼は芽依の腰に腕を回し、自分の脚の間に引き寄せた。

「――もし眠れないなら、俺が隣で添い寝でもする？」

甘さをにじませた眼差しで誘われ、芽依の頰がじわりと赤らんだ。「それもいいな」と考えていると、タオルケットから出た芽依の手に何気なく触れた秋本が、驚いた顔をする。

「何でこんなに手、冷たいの？」

「わたし、冷え性だから。布団から出るとすぐに冷たくなっちゃって」

「足も？」と聞かれ、芽依は頷く。すると秋本はすぐに背中から芽依の身体を抱き込み、両手をさすってきた。彼は体温が高く、冷えた肌に触れられるとじんとした熱を感じる。それをこそばゆく思いつつ、芽依は言った。

「……秋本の手、あったかいね」

「俺は普通だよ。芽依が冷えすぎ」

笑いながら手をさすられ、そのぬくもりに心まで温かくなった。しかし芽依は、すぐに表情を曇らせる。

（さっきの電話……）

――秋本にかかってくる電話は、最近明らかにその頻度《ひんど》が増していた。そして受け答えをするたび、彼はどんどん憂鬱《ゆううつ》になっているように見える。

先ほどは「時間がほしい」、「君には迷惑をかけて」、「指摘は正しい」などという言葉が聞こえ、秋本は終始相手に低姿勢で話しているようだった。

電話の相手はどういう人物なのだろう、と芽依は考える。男なのか、女なのか。仕事関係なのか、そうではないのか。知りたいのに、芽依はどうしても秋本に直接問いかけることができない。聞けば答えてくれそうな気もするが、何となく立ち入ってはいけないような気がして、結局言葉をのみ込んでしまう。

だがそんなのは詭弁《きべん》で、本当は自分の中に、秋本のアメリカの生活からは目をそむけておきたいという消極的な気持ちがあるのかもしれなかった。冷たい手をさする動きに秋本の細やかな愛情を感じながら、芽依はポツリと言った。

「……秋本って昔、神童って言われてたんだってね」

「ん？」

「中学二年くらいまで、ピアノコンクールを総なめにしてたって。……わたし、そんなの全然知らなかった」

「誰に聞いたの、それ。マスター？」

芽依が頷くと、秋本は後ろで小さく笑った。

「自分から話すことでもないから、わざわざ言わなかっただけだよ。……過去の話だし」

「すごいね。秋本はやっぱり、昔からすごかったんだ……」

芽依は自分の手をさする秋本の大きな手を見つめる。指が長く筋張った手は、繊細でひどく色気があった。

（わたしって結構、手フェチかも……？）

あんなにすごい演奏をする手が自分に触れているのを目の当たりにし、芽依の胸が高鳴る。この長い指が、ピアノを演奏するのと同じくらい繊細に昨夜自分に触れていた——そう思った途端、身体の奥で淫靡《いんび》な熱が揺り起こされ、じわりと体温が上がる気がした。

芽依は自分の中のあやしいざわめきをごまかすように、努めて明るく言った。

「このあいだのドビュッシーも、すっごくきれいだった。あんなふうにクラシックも弾けるんだね」

「まあ、子どもの頃からずっとやってたから、それなりに」

「他にどんなのが弾けるの？」

「大抵何でも弾けるよ。……弾こうか？」

「えっ、いいの？」

びっくりして後ろを振り返った芽依に、秋本も驚いた顔をして言った。

「ピアノくらい、言ってくれればいくらでも弾くよ。俺なんかそれしか取り柄ないんだし」

（わあ……）

何て贅沢《ぜいたく》だろう、と芽依は目を輝かせて秋本を見た。こんなにすごいピアニストが、お金も取らずに「いくらでも弾く」などと大盤振る舞いをしていいのだろうか。しかも聴衆は一人だけなんて、本当に贅沢な話だ。

そこでふと芽依は気づいて言った。

「でもこんな時間だと、外に音が漏れてご近所迷惑じゃない？」

「ここん家《ち》、防音は完璧なんだ。だから二十四時間、いつ弾いても大丈夫」

その答えを聞いた芽依は、わくわくしながら秋本から離れ、フローリングの床に直に座る。それを見た彼が噴き出して言った。

「ソファに座って。床は冷えるから」

秋本は壁際のL字ソファまで芽依を連れていき、足先まですっぽりとタオルケットで覆ってくれる。そしてピアノまで戻り、椅子に座った。

「リクエストは？」

「秋本が弾けるものなら何でもいいよ。わたし、あんまり詳しくないし」

「じゃあ適当に……聴いたことがあるような、有名なところからいこうか」

＊　　＊　　＊

外は空が白みかけているものの、リビングはまだ薄暗い。ピアノの前に座った秋本は、「何を弾こうかな」と思案しながら鍵盤に指を置いた。

やがて弾き出したのは、リストの「愛の夢」だ。穏やかで美しい変イ長調の旋律から始まるこの曲は、右手と左手の動きが独特で、伴奏と主旋律をどちらの手でも奏でる。ロマンチックな曲調に、ソファに座った芽依がうっとりした表情を浮かべた。

それを見た秋本は、かすかに微笑む。

（……ほんと、顔に出るよな）

昔から秋本のピアノを聴くときの芽依は、感情をストレートに顔に出す。「愛の夢」の最後の音が余韻を残して消え、ほうっと息をつく芽依をチラリと見た秋本は、気が赴くままシューマンの「トロイメライ」、サティの「ジュ・トゥ・ヴ」など、おそらく一度は聴き覚えがあるだろう有名な曲を続けて演奏した。

弾いているうち、秋本自身もだんだん気分が乗ってくる。今でこそジャズが専門だが、元々秋本はクラシックをやっていた期間のほうが長い。昔は弾きこなすまでにそれなりの苦労があったが、久しぶりに弾くと素直に楽しかった。

ジャズには自由さや寛容さ、ライブ感があってそこに強い魅力を感じるが、クラシックの作り込まれた端正さもまた魅力的だ。

（さて、ここらで少し派手めなものを入れるか）

秋本は続いて、力強い出だしの「英雄ポロネーズ」を弾き始める。ショパンらしい繊細さだけではない、曲の背景からくるダイナミックさと華やかさを前面に押し出した演奏を、芽依は真剣な顔で聴き入っていた。

大音量で最後の音が鳴り響いた途端、彼女が拍手した。

「すごい、よくそんなに指が動くよね」

「このくらいは全然普通だよ。もっと速いのや超絶技巧もあるし」

そう言って秋本は、ショパンの「幻想即興曲」を弾き始める。速く、しかし曲の持つ美しさは損なわない速度で冒頭のドラマチックな旋律を弾き、中間部のスローなパートは一転して優雅に奏でる。右手で弾く十六分音符の正確さ、そして左手が奏でる別の旋律が複雑に絡まりつつ、後半はより速くなるのがこの曲の特徴だ。

目をキラキラさせて聴き入っていた芽依が、曲が終わったところでふと思い出した顔で言った。

「そうだ、マスターが秋本の『テンペスト』がすごいって言ってたんだけど、どんな曲?」

「テンペスト? ……ベートーベンの第三楽章かな」

——言われてみれば昔、高田の前で弾いたことがあった気がする。知り合った当初、開店前のジャズバーで「何か重めの曲を聴かせてくれ」と言われ、ショスタコーヴィチかブラームスかで迷ったものの、結局彼のリクエストでベートーベンを弾いた。

思えば長いこと弾いていない曲だ。そう考えつつ、秋本は問いかける。

「……聴きたい?」

「うん」

芽依が頷き、秋本はしばし頭の中のスコアを探って沈黙する。やがて弾き出したのは、名前のとおり嵐を思わせるドラマチックな曲だった。

アレグレットで始まるこの曲は、美しい高音の旋律と重厚な低音パートに強弱のコントラストをつけつつ、激しさと繊細さが交互に押し寄せる激しいものだ。同じフレーズが繰り返し出てくるが、最後まで少しずつ変化があり、聴くものを引き込む重い雰囲気になっている。

「テンペスト」というタイトルは最初からあったものではなく、あとでつけられたものらしい。曲の根底に流れるのは、嵐に比喩《ひゆ》された魂の内なる懊悩《おうのう》、そして強い不安の感情だ。

曲の中盤、高音の切ない旋律の盛り上がりの部分で、芽依が息をひそめて秋本を見つめていた。目を伏せて鍵盤を叩いていた秋本は、彼女にチラリと視線を向ける。

自分の指が紡ぎ出す旋律から、秋本は心の奥底に眠る想いを強く揺さぶられるのを感じていた。秋本は元々、感情の起伏が乏しい。昔から興味の対象は四歳で与えられたピアノに限られていて、器用で早熟な反面、人とのコミュニケーション能力が極端に低かった。

だがそうした状況に、何も思わなかったわけではない。秋本は幼少期から自分が「普通」に振る舞えていないのを自覚していて、己の異質さに強い劣等感を抱いていた。

ずば抜けた記憶力のおかげで学校の成績は良かったが、授業を黙って聞いているのが苦痛で仕方がない。同級生との何気ない会話や流行のものに意義を見出せず、中学二年でピアノを強制的にやめさせられてからは、無気力になって授業をさぼる癖がついた。その後、親の意向で無理やり入学させられた高校は、必要最低限の日数しか出席しなくなった。

ピアノに対する飢餓感は夜のバイトを始めることで解消されたが、アメリカ行きの目標を持って以来ますます音楽と英語以外の勉強をする気が消え失せ、登校しても人気のない資料室で仮眠を取る日が続いた。

（でも……）

――そんな日々に、するりと入ってきたのが芽依だった。当初はさぼりを黙っていてもらう代償として彼女に「好きなときに資料室に来てもいい」と言ったものの、秋本の中でその言葉は完全に社交辞令だった。優等生の芽依が、わざわざ来るはずがない。そう思っていたのに、翌日から芽依は欠かさず日参してくるようになった。

最初はこちらに向けてくる興味の視線を、鬱陶《うっとう》しいと思っていた。話しかけられるのが煩わしく、秋本は彼女が来ても完全に無視していたが、芽依はめげずに毎日やってきた。

それが半月経ち、一カ月が経つ頃には、秋本は彼女の気配にだいぶ慣れていた。

芽依は秋本に話しかけるのを早々に諦めたらしく、資料室で好きに過ごすようになった。床にノートを広げて課題をやったり、壁にもたれて読書をしたり、窓を開けてぼんやりと外を眺めたりする様子はまるで気ままな猫のようで、いつしか秋本はそんな彼女に興味を引かれていた。

芽依はどこまでも「普通」の女の子だった。艶《つや》のあるきれいな髪は黒く、校則の範囲を逸脱していない。顔立ちは可愛らしいが際立って人目を引くほどではなく、制服も着崩さずきっちりしている。誰とでも上手くつきあえる性格で、成績が良い。そして相手の気持ちを察して踏み込みすぎない、そんな気の使い方ができる人間だった。

しかしその「優等生」の顔は、彼女が意図して作っていたものだった。秋本がそれに気づいたのは、自分自身がいつも無理して学校に来ていたからかもしれない。芽依が人当たりのいい顔の下に鬱屈したものを抱えていると、秋本には一目でわかった。だから——と秋本は思う。

(だから心惹かれたのかもしれない。芽依が俺にない「普通」を体現してて、でもその反面、生きづらさみたいなものを感じてるのが……同じだったから)

──気づけば好きになっていた。彼女が秋本の聴いている音楽に興味を持ち、自然と話すようになってからはなおさら、加速度的に好きになっていった。

そうして誰かに興味を持てる自分が、秋本には新鮮だった。芽依が自分に好意を抱いてくれていると知ってますますのめり込み、ボストンに留学するのが決定事項だったにもかかわらず、彼女をどうしても自分のものにしたくて抱いた。

その後連絡が取れなくなり、後ろ髪引かれる気持ちで渡米したものの、結局何年経っても彼女以上に心惹かれる人間は現れなかった。それくらい秋本にとって芽依は特別で、再会してすぐに気持ちが再燃し、以来精一杯の愛情を示してきたつもりだった。

(でも、芽依は……)

──どれだけ秋本が言葉や態度で愛情を伝えても、芽依はどこか及び腰に見える。受け止めてはくれるものの、いつも曖昧に微笑み、決して「好き」とは言ってくれない。

そんな態度に、ここ最近の秋本はじりじりとしたもどかしさを感じていた。愛情を抱いているからこそ、彼女からも気持ちを返してほしい。でもいくら触れても、芽依の心の核心部分には、今一歩届かない。

(俺が贅沢なんだろうか。俺みたいな人間が、芽依の全部を欲しがるなんて……本当は傲

慢で、おこがましいことなんだろうか)

＊　＊　＊

リビングに響くピアノの音に、ソファに膝を抱えて座った芽依はただ圧倒されていた。

秋本が今演奏しているのは、ベートーベンのピアノソナタ第十七番、「テンペスト」の第三楽章だ。芽依は軽い気持ちでリクエストしたが、正直こんなにも重く張り詰めた雰囲気の曲だとは知らなかった。

その音量と迫力に、芽依は言葉を失う。感情を抑えながらも、奥底に強い熱を孕んでいるかのような秋本のピアノの音色は、息をするのも忘れるくらいに激しく鮮烈だった。

(すごい……)

——一体どれほどの練習をしたら、こんな音を出せるようになるのだろう。曲の持つ重さをこれだけ的確に表現するためには、自身の技術を研ぎ澄ませ、相当弾き込まなければならないに違いない。

音を聴くだけで、秋本がいかに真剣にピアノに打ち込んできたかが垣間見える気がして、芽依は息をひそめて演奏に聴き入っていた。曲の中盤の切ない高音部分を、彼はじっと目を伏せて弾く。食い入るように見つめる芽依の視線に気づいたのか、秋本がふと視線を上

げた。

途端に芽依は、その瞳の奥に見える熾火《おきび》のような熱情から目をそらせなくなった。常にない激しさを秘めた眼差しは、彼が奏でる音色と同じくらい、強く鮮やかに芽依の胸を灼《や》いた。

やがて旋律はじりじりとした盛り上がりを見せ、秋本がまた鍵盤に集中する。

演奏が終盤に差しかかると、鍵盤を叩きつける勢いの大音量に芽依の肌はビリビリとした。最後の一音までドラマチックに弾き終え、鍵盤から指を離した秋本がふうと息をつく。

音の余韻が残るリビングは、もう明るくなっていた。彼が椅子から立ち上がり、ソファまでやってくる。タオルケットにくるまったまま半分顔を隠している芽依を見つめ、秋本が噴き出した。

「何て顔してんの。人を変なものでも見るみたいに」

「だ、だって……」

──あまりに圧倒的な演奏に、まだ動悸《どうき》が治まらない。

芽依は改めて秋本のすごさがわかった気がした。こんなにも人の心に響く演奏をするのなら、コンクールを総なめにしても全く不思議ではない。そう実感したひとときだった。

そんな芽依を見下ろし、秋本が言った。

「……『テンペスト』、俺が最後に出たコンクールでトップを取った曲なんだけど」

「そうなの？」

「うん。……昔より、今のほうがいい演奏ができたな」

芽依は秋本の顔をじっと見つめる。かつて優勝したときよりもすごい演奏を聴かせてもらえたのなら、自分は相当ラッキーなのかもしれない。今の秋本はジャズが専門のため、クラシックを披露する機会は少ないはずだ。

そんなことを考えていると、彼がポツリと付け足した。

「昔よりも、気持ちがこもってるからかな」

「………」

気持ち――とは、一体どんな気持ちだろう。

（嵐……）

先ほどの演奏を聴いているあいだ、芽依は自分の心の中にある秋本への気持ちを搔き立てられる気がしていた。秋本はどうなのだろう、と思う。――彼の中にも、嵐があるのだろうか。

芽依の顔を見つめ、秋本が独り言のように言った。

「芽依が演奏中、いつもそんな顔で見るから、俺は……」

「えっ？」

（……そんな顔？）

秋本の言葉の意味がわからず、芽依はただ彼を見つめ返す。すると秋本は何ともいえない表情で芽依を見つめ、やがて目を伏せて小さく笑った。

「……いや。やっぱ内緒にしておこう」

「何？」

秋本は「何でもない」と言い、芽依の身体を改めてタオルケットでくるみ直してソファから立たせた。

「そろそろ寝ようか。……ベッドで手足、あっためてやるから」

「それとも風呂に入るか」と聞かれ、芽依は首を横に振る。これから寝直しても、時間はたっぷりある。今はまだ土曜の朝だ。明日の夜まで一緒にいられると思うと、うれしかった。


それから日曜の夜までの丸二日間、秋本の家で二人で過ごした。

一緒に眠ったり、お風呂に入ったり、デリバリーのピザを食べたりして少しだらしなく過ごし、秋本が曲のアレンジを考えているあいだ、芽依はリビングでうとうとした。微睡《まどろ》んでいるときに秋本のピアノが鳴っていても、不思議とうるさくは感じない。これといって何をしたわけでもない休日だったが、ただ彼と一緒にいるだけで芽依は楽しかった。

「……芽依、眠い？　俺はそろそろ腹減ったんだけど」

　日曜の夕方、リビングのソファでうたた寝していた芽依は、秋本の声で目を覚ます。午後の日が差し込むリビングはポカポカと暖かく、ソファの寝心地の良さも相まって、気づけば彼のピアノをＢＧＭに眠ってしまっていた。

「……今何時？」

「五時。俺は八時に出勤だから、その前に外でメシ食おうか」

　ソファの縁に座った秋本に、髪を撫でられる。その感触が気持ちよく、芽依は動きたくなくなってしまった。

（もう休みも、おしまいなんだ……）

　金曜の夜から一緒にいたため、実際はかなりの時間を彼と一緒に過ごしたはずだ。それなのに楽しい時間はあっという間に過ぎてしまい、寂しさが募る。

　髪を撫でる秋本の腕に触れ、芽依が視線で誘うと、彼はすぐ身を屈めてきた。唇に優しいキスを落とし、秋本が言う。

「――あんまり誘惑すると、このまま襲うよ」

「うん、いいよ」

　首に腕を回して彼を引き寄せ、芽依は笑って「する？」と誘う。途端に秋本は気まずそうに顔を歪め、視線をそらした。

「……そんなこと言って、メシ食う暇なくなったら困るだろ」

「わたしは全然。秋本が外にご飯に行くのを諦めれば、もう少しゆっくりする時間はあるでしょ？」

「………」

何か言いたげに見つめた秋本が、やがて誘惑に負けて覆い被さってくる。芽依はクスクス笑いながらそれを受け止めた。

じゃれるようにキスをしつつ、芽依は彼の背中の向こう、西日の差し込むリビングのピアノを見つめる。グランドピアノが日を浴びながら広いリビングにポツリとあるのは、絵画的だがどこか寂しく感じた。まるで秋本の孤独を象徴しているようで、そこに自分は近寄ってはいけない気持ちになり、芽依は急に不安になる。

（馬鹿みたい……「近寄れない」なんて、秋本はこんなにも近くにいるのに）

――いつもの日常に戻ることに、感傷的になっているのだろうか。長い時間一緒にいたのにもっとそばにいたいという思いが募り、芽依は苦く笑う。

（これ以上秋本のことを好きになったら……離れられなくなっちゃうのに）

そうして自分の心にブレーキをかけつつも、触れ合えば胸が痛くなるほど幸せで、気づけば芽依は秋本の身体に回した腕に力を込めていた。

秋本がキスを深くしてきて、芽依はそれを受け止める。触れられるそばからじわりと体温が上がっていくのを感じながら、心に引っ掛かる小さな憂いから、あえて目をそらした。

第7章

その日は平日で、「ｂａｒ　Ｌａｒｇｏ」の店内はほどほどの客入りだった。

芽依はもう定位置となっているカウンターの右から三番目の席で、ピアノの音に耳を澄ませる。フロアではクラシカルなジャズナンバー、「Blue　Moon」が演奏されていた。リクエストではなく、秋本の気分で弾き始めたそれは、明るく軽快なアレンジだ。芽依は「うーん」と考え込み、目の前にいる江田島に問いかけた。

「江田島さん、この曲ってつい最近、しっとり系で弾いてたような……？」

「えっ？　えーと、そ、そうでしたっけ」

見習いバーテンダーの江田島が、しどろもどろになってチラリと高田を見やる。カウンター内で酒を作っていた高田が、手を止めずに笑って言った。

「よく気づいたね。芽依ちゃんも最近はだいぶ詳しくなってきたな。……江田島は勉強が足りない」

「はい、すみません」

店はジャズバーのため、バーテンダーはそれ相応の知識が求められるが、見習いの江田島はまだまだ追いついていないらしい。オーダーの酒を作り終えた高田が言った。

「計はその日の気分で弾き分けてるんだよ。このあいだはしっとり系だったから、きっと今日は別バージョンを試したくなったんじゃない？　同じ曲でも、アレンジでガラッと雰囲気が変わるからさ。そこがジャズの面白いところだよね」

長くこうした店で仕事をしている高田は、相当耳が肥えている。何を聞いても打てば響くように答えが返って来て、知らない曲がないくらいだ。彼の音楽に関する薀蓄を聞くのも、芽依の最近の楽しみになっていた。

「ジャズピアニストって、みんなその場のノリでできちゃうものなんですか？　譜面もなしに？」

「ジャズでは『インプロヴィゼーション』とか、『アドリブ』っていわれてるね。計は本場で何年もやってきただけあって、アドリブは相当上手いよ。気分次第でどんなふうにも弾けるみたいだけど、あいつ、お客さんのリクエストで『チック・コリアの』とか『ビル・エヴァンスの』っていうオーダーをされたら、細かな癖まで完璧にコピーして弾くんだ。再現できるテクニックも知識も、あいつの引き出しはすごいと思う。まあ、要はピアノ馬鹿っていうか」

――確かに高校時代も、秋本はずっとヘッドフォンでジャズを聴いていた。そんなことを思い出しながら、芽依は遠慮がちに問いかける。

「秋本は……アメリカでの仕事は、どうだったんですか？」

直接聞けばいいのかもしれないが、向こうのことは何となく本人には聞きづらい。そんな芽依に、高田は作業の手を止めて答えた。

「あいつがアメリカ行ったの、確か十八のときだっけ。この店のオーナーが、ボストンでの計の面倒を見たんだ」

――アメリカの学費はとにかく高く、留学生は学生ビザでの入国が認められているものの、アルバイトをすることは認められていない。そのため、ビザを取得する際は滞在期間に見合う銀行の預金残高証明を出さなければならず、それは保護者である秋本の両親が渋々開示に応じた。しかし実際に卒業までにかかった生活費は、オーナーの土岐謙三が出世払いという形で全部面倒を見たらしい。

秋本は昼は土岐の自宅から大学に通い、夜は街に繰り出して無償でピアノを弾かせてもらうという暮らしを、卒業するまで四年余り続けたという。

「計はこっちでは神童って言われるほどの腕前だったけど、それはクラシックの話でさ。ジャズの本場の向こうでは、最初はほぼ門前払いだったって言ってたよ。でもあいつ、全然めげずにピアノがあるバーやレストランに片っ端から飛び込んでいって、『無償でいいから、とにかく一曲弾かせてくれ』って頼み込んで……。で、何年も武者修行」

「……そうなんですか」

「最初は『頭ガチガチのお坊ちゃん』とか、『ここは学芸会のステージじゃねーぞ』とか、さんざんヤジられてたらしいけど。でもいろんな店に出入りするうちに、ちょっとずつ腕を上げて、気難しい客にも可愛がられるようになって――卒業後は向こうの著名なピアニストの推薦状をもらって、アーティストビザを取ったんだ。最近はいろんなジャズプレイヤーとセッションしたり、あちこちのリーダーからサイドマンとして呼ばれて、そこそこ有名な店でも弾かせてもらってるんだって。だからうちでは、『本場仕込みの、気鋭のジャズピアニスト』って紹介してるよ」

「………」

高田の話を聞きながら、芽依は秋本と再会した日、彼が「向こうの客は、耳が肥えている」と言っていたのを思い出していた。最初の下積みは苦労をしたようだが、現在の彼はその腕前を評価されているという。

（じゃあ、いつも秋本の携帯に電話をかけてくるのは……やっぱり仕事関係の人？）

高田が何か知っているかと思い、芽依は口を開きかける。しかしそのタイミングで、店に一人の女が入ってきた。

「いらっしゃいませ、……」

高田が声を上げ、すぐに微妙な表情を浮かべた。入ってきたのは、一目でハイブランドとわかるスーツにピンヒールを履きこなす、美しい女だ。彼女は踵《かかと》を鳴らしてカウンターまで進んでくると、高田に声をかける。

「久しぶりね、高田。元気そうで何よりだわ。店長兼マスターだなんて、ずいぶん出世したじゃない」

「……土岐さん、ご無沙汰しています」

「ふうん、いい店ね。箱も広いし」

高田を呼び捨てにした女は年齢不詳で、三十代にも四十代にも見えた。ショートカットがよく似合い、どこか女優めいた派手な雰囲気を漂わせている。

（誰……？）

芽依は不思議に思い、高田の表情をそっと窺《うかが》った。彼は苦虫を嚙《か》み潰したような顔をしていて、それを見るかぎりどうも女はあまり歓迎しない客らしい。彼女は店内を見回し、何かを探すそぶりを見せる。やがて目を輝かせ、笑みを浮かべた。

「ああ、いた」

ちょうど秋本がピアノの演奏を終え、煙草を咥《くわ》えながらカウンターのほうに来るところだった。女がフロアに向かい、彼に呼びかける。

「計」

「…………」

秋本が驚いた顔をして立ち止まる。煙草の煙の向こうで、彼の目がどこか剣呑《けんのん》に眇《すが》められたように見え、芽依は意外に思った。

秋本が低い声で言った。

「……カオルさん。一体何でここに」

「ご挨拶ね。こっちに戻ってきてるなら連絡寄越せばいいのに、全く水臭いんだから」

秋本はいつもポーカーフェイスの彼にしては珍しく、わずかに眉をひそめて女を見下ろしている。

そんな秋本とは対照的に、土岐カオルは上機嫌で笑みを浮かべた。


秋本とカオルが連れ立って奥のテーブルに向かい、二人が去ったあとのカウンターには微妙な空気が流れた。芽依は戸惑い、高田に事情を聞きたかったものの、何と切り出していいかわからない。

高田は目を伏せてしばらく洗い物をしていたが、やがて顔を上げて江田島に言った。

「江田島、ちょっと立て込んできたみたいだから、フロアに出てマコのフォローしてやってくれるか」

「あっ、はい。わかりました」

江田島がカウンターを出て、フロアに向かう。そんな彼の背中を見送り、高田が唐突に切り出した。

「――昔、俺と計がいた店のオーナーで、この店のオーナーのお姉さんなんだ」

「えっ？」

言いながら、高田は店の奥にいる土岐カオルを目線で示す。芽依が「そうなんですか」と答えると、彼は頷いて言葉を続けた。

「あの人、女だてらにすごい実業家でね。元々資産家の娘なんだけど、最盛期はこの界隈でバーやラウンジを、八店舗も経営してた。かなりのやり手なんだよ」

――秋本が高校時代にいた店の話は、聞いたことがある。「オーナーが秋本の腕を見込み、バイトとしてピアノを弾かせてくれるようになった」という話だったと思うが、まさかそれが女性だとは思わなかった。

（あ、スタジオも貸してくれてたんだっけ……）

芽依が何度か行ったことがあるスタジオも、確かオーナーのものだと言っていた。

チラリと振り向いてみると、テーブル席に座ったカオルがにこやかに秋本に話しかけ、彼は黙って煙草を吸っている。その様子はどこか迷惑そうに見え、芽依は不思議に思った。

（昔お世話になった人、だよね……？）

親にピアノをやめさせられて以来、長く弾けずにいた秋本に、演奏できる場を提供した――それが彼女のはずだ。感謝して当然だと思っていたがあまりそうは見えず、芽依は何となく釈然としないものを感じる。

高田に視線を向けると、彼は少し困ったように笑った。

「あの人、見てわかるかもしれないけど、なかなかにきつい性格でね。店を辞めるときにちょっと揉めたもんだから、俺ははっきり言って今も苦手なんだ。彼女、計のことは昔から気に入ってて、あいつがまだ高校生だってわかってても店で弾かせてやるくらいだった。土岐さん自身も昔、ピアノやってたって言ってたかな。計の腕前にとにかくゾッコンだったんだよね」

「……そう、なんですか」

「まあ計は、ありがたい反面、構われすぎて少し鬱陶しい顔してたけど。今もそんな顔してるだろ？　――でも昔はあれだけ手広くやってた土岐さんも、最近は相次いで三店舗閉めたって聞いたな。経営は厳しいのかもしれないね」

「…………」

芽依はうつむき、グラスワインを飲む。

秋本が彼女といるところを見ていると、なぜか落ち着かない気持ちにかられた。その理由を考え、ふと気づく。

（ああ、そっか。秋本が……）

――普段は淡々としたポーカーフェイスなのに、今の秋本は迷惑そうな感情をあらわにしている。それがひどく意外だったのだ。

芽依は手の中のグラスの持ち手を強く握る。胸騒ぎに似た気持ちが心に湧き起こり、どうしていいかわからなかった。

＊　＊　＊

店内にはリッチー・カミューカの、一九五〇年代のアルバムがかかっている。サックスのレイドバックスウィングが柔らかな印象で、フレーズが耳に心地いい。どこがアドリブなのかわからないほど、滑らかで自然な演奏だ。

(これは確か……「What's New」だっけ。いいな)

煙草の煙を吐き出しつつそんなことを考える秋本に、目の前の女が話しかけてきた。

「しばらくぶりね。帰国するなら、私に連絡くれればよかったのに」

「…………」

秋本は複雑な気持ちで土岐カオルを見つめる。約半年ぶりに会った彼女は、相変わらず華やかだ。秋本はカオルの質問には答えずに言った。

「……わざわざ会いに来ることなんてなかったんだ。あんたも忙しいんだし」

「そりゃあもちろん、暇じゃないけど。でもあなたが帰国してるって聞いたら、顔を見たくなって当たり前でしょう？　謙三の店がどんなかも知りたかったしね」

　――秋本とカオルは、もう長いつきあいだ。当時高校二年生だった秋本を彼女は自分の店にアルバイトとして採用し、ピアノを弾く場を与えてくれた。

　それから約八年、彼女との繋がりは切れないまま今も続いている。さすがに昔と比べると会う頻度は減ったものの、年に何度かはこうして彼女のほうから秋本に接触してきていた。

　カオルが秋本を見つめて言った。

「帰国した理由は、ご両親が急にお亡くなりになったせいですって？」

「……うん」

「まだお若いのに、残念なことだわ。二人で病院を経営なさってたのなら、さぞ引き継ぎが大変でしょうね。……そう、だからこっちにいるあいだ、あなたは謙三の店を手伝ってるってわけ」

「………」

　何も説明していないのに、カオルはとっくに秋本の事情を知っていたらしい。それにかすかな不快感をおぼえながら、秋本はため息をついて灰皿で煙草を揉み消す。そして淡々とした口調で言った。

「……さっさと用件を言って」

「言ったでしょう？　顔を見に来たんだって。……ふふ、あなたの温度の低さは相変わらずよね。ほんとに昔から変わらないわ」

カオルが赤いネイルを塗った手を伸ばし、秋本の頬に触れようとする。しかし触れる直前、秋本は素っ気ないしぐさでそれを拒んだ。そんな反応が意外だったのか、カオルが目を丸くする。秋本は椅子から立ち上がると、彼女を見下ろして言った。

「……外で話そう」

カオルは驚いた顔をして秋本を見つめていたが、やがて「仕方ないわね」と嘆息して立ち上がる。秋本は大股で店の出口に向かった。カウンターにいる芽依にはあえて視線を向けず、うつむきがちに歩く秋本の背後で、高田の声がする。

「土岐さん、もうお帰りですか」

「ええ。本当はもう少しいたい気分だけど、また来るわ」

どこか楽しそうなカオルの声に、苛立《いらだ》ちがこみ上げた。秋本はドアの前で振り向き、立ち止まっている彼女に言った。

「カオルさん、早く。――送っていくから」

「ふふ。高田、それじゃあね」

秋本に促され、カオルは機嫌がよさそうな顔で一緒に店を出た。

外は少し湿り気を帯びた夜気で満ちていて、空にはどんよりと重い雲がたち込めている。

ひょっとしたら雨が降るのかもしれないと思いつつ、ビルの前でタクシーを見つけられなかった秋本は、大きな通りに向かって歩き出した。

やがて背後から、カオルが呼び止めてきた。

「計」

「………」

「けーい、待ちなさい。まさか本気で今すぐ送っていく気？　場所を変えるんじゃないの？」

「カオルさんは忙しいんだろ。俺も暇じゃないし」

顔も見ずに淡々と答えると、後ろから強く肘をつかまれる。真っ赤なネイルを塗った長い爪が食い込み、秋本は眉をひそめた。カオルは「ちょっとこっちへ」と言って、秋本を角を曲がった道に引っ張り込む。

「………」

秋本は面倒に思いつつ、胸ポケットから取り出した煙草に火を点けた。それをじっと見つめていたカオルが、婉然《えんぜん》と微笑んで言った。

「半年ぶりに会ったっていうのに、ずいぶん冷たいのね」

「そうかな。いつもこんなもんだよ」

「店で話したくなかったのはどうして？　今までは急に訪ねても、そんなふうにすぐ帰らせようとしたことはなかったでしょう？　どちらかというと、『どうでもいい』っていう投げやりな態度だったくせに」

「…………」

秋本は自分の中のザラリとした気持ちを押し殺す。本当は目の前のカオルより、店に残してきた芽依のことばかりが気になっていた。

（……何でよりによって、芽依がいる日に来るんだ）

——カオルと連れ立って店を出た自分を、彼女は一体どう思っただろう。そう考えた途端、にわかに落ち着かない気持ちになり、秋本は今すぐ店に引き返したい衝動にかられる。

（そうだ。わざわざこの人につきあってやることなんてないんだし）

「カオルさん、話がないなら……」

たいした用事がないなら、自分はもう店に戻る——そう秋本が言いかけたとき、ふいに電話の着信音が鳴り響いた。自分のものが鳴っていると気づいた秋本は、スマートフォンをポケットから取り出す。ディスプレイにはここ最近嫌というほど見ている名前が表示されていて、思わず舌打ちしたくなった。しかしぐっと気持ちを抑え、指を滑らせて電話に出る。

「Hi……」

目の前にいるカオルが気になり、秋本はすぐに通話を切ろうと思っていた。

だが友人である電話の相手は、事務的な連絡事項のあと、秋本がなかなか向こうに戻らないことを延々と説教してくる。

　こちらが彼に迷惑をかけているのは事実で、言われているのは正論ばかりだ。そう思い、秋本はしばらくおとなしく話を聞き、すぐに帰れないのを謝罪した。しかしあまりにもしつこく言い続けられ、ついイライラと言い返す。

　秋本がため息をついて通話を切ったところで、カオルが問いかけてきた。

「何か揉め事？」

「……別に」

「別にって顔じゃないでしょ。話を聞くかぎり、いつまでもニューヨークに戻らなくて文句を言われてるけど、あえてこちらに留まる事情があなたにあるってことみたいね？」

　英語のやり取りを理解していたらしい彼女からそう言われ、秋本は眉をひそめた。自分ではいつもどおりの顔をしているつもりだったが、気づけば苛立ちを示すように煙草のフィルターを強く噛んでいる。

　そんな秋本を、カオルが好奇心に満ちた目で見つめてきた。彼女はほっそりした腕を伸ばし、秋本の目に掛かる伸びかけの前髪を指ですくった。

「そうやって感情を表に出すの、すごく珍しい。……ねえ計、あなたがすぐに帰らない理由がわかったんだけど、当てていいかしら」

「…………」

秋本は無言でカオルを見下ろす。彼女は笑って言った。

「こっちに気になる女ができた——ね、そうでしょう?」

＊　　＊　　＊

店内はレコードプレーヤーから流れる音楽と、客が談笑する喧騒《けんそう》に満ちている。

思いがけない展開に困惑しつつ、芽依は秋本が消えたドアを見つめていた。——彼が自分以外の誰かを送っていくところなど、初めて見た。どちらかというと不機嫌で気が進まない様子だったが、相手が知り合いのため、昔の誼で仕方なくそんな流れになったのだろうか。

出ていった二人のことが気にかかり、芽依は手元に視線を落とす。

(秋本は、あの人と……どんな話をしてたんだろ)

土岐カオルが「Ｌａｒｇｏ」の店内にいた時間は、ごくわずかだった。出ていくとき上機嫌だった彼女は、一体何をしにこの店にやってきたのか。

すぐに戻ってくるかと思っていたが、しばらく待っても秋本が帰ってくる気配はない。

次第に手持ち無沙汰になった芽依は、時計を見る。そして高田に言った。

「わたし、そろそろ帰ります。お会計してください」

「えっ？　あ、ああ」

高田はなぜかびっくりしたように芽依を見る。その態度はどこかぎこちなく、芽依は少し不思議に思った。

会計が終わり、芽依はバッグを手に立ち上がる。そこで高田が、言いにくそうな様子で口を開いた。

「芽依ちゃん、あのさ……」

「はい？」

芽依が問い返すと、高田は何ともいえない表情で言いよどむ。結局彼は曖昧に笑って言った。

「……やっぱいいや。ごめんね、呼び止めたりして」

「また来ます。ごちそうさまでした」

「うん。またね」

芽依は高田に頭を下げ、店を出る。人でにぎわう通りを駅に向かいつつ、どこか納得のいかない気分で足元を見つめた。

――秋本がわざわざカオルを送っていったことが、気になって仕方がない。だがもっと気にかかっているのは、彼女が店に来てからの微妙な空気だった。

どこか機嫌が悪そうだった秋本の表情、それに反して上機嫌だったカオル、そして不自然な態度の高田——彼らの間には、過去に何か揉め事でもあったのだろうか。

気にはなるものの詳細は想像もつかず、芽依はため息をつく。秋本から何らかの説明がしてもらえればよかったが、彼が戻ってこなかったので聞きようがなかった。

平日とはいえ、午後九時の歓楽街はにぎわっていた。騒ぎながら遅々として進まない若者たちの後ろを歩いていた芽依は、赤信号で立ち止まる。そして何気なく視線を巡らせ、ふと角を曲がった先にいる人影に目を吸い寄せられた。

「……あ」

少し行った先に佇《たたず》んでいるのは、秋本とカオルだった。彼らはネオンが明るい往来の片隅で、立ったまま話をしている。芽依は驚き、思わず二人を凝視した。

（あの二人……あんなところで何してるの？）

カオルが何かを言って彼が答えているが、遠くて二人の会話の内容は聞こえない。

話をする二人の姿を見ていると、なぜかモヤモヤとした気持ちが芽依の中にこみ上げた。

——自分はこのまま、帰るべきだろうか。それともカオルが去り、秋本が一人になるのを待って話しかけようか。だが彼らの話がこれ以上長引いたら、どうしたらいいのだろう。

（やっぱり邪魔しないで、今日は帰ったほうが……）

そう思った瞬間、カオルが真っ赤なネイルを塗った指で秋本の前髪に触れるのが見え、芽依は動きを止めた。カオルは彼の目に掛かる前髪を指先ですくい、頬を撫《な》でる。そのしぐさを見て、芽依の中に唐突に閃《ひらめ》いた考えがあった。

（ああ……そっか。あの二人）

なぜ今まで、気がつかなかったのだろう。彼らの関係が唐突に腑《ふ》に落ち、芽依の心は氷を当てられたようにヒヤリとしていた。

（あの二人、きっと寝たことがある……）

カオルの表情とやけに親密なしぐさ、そして不機嫌そうなオーラを出しながらも、それを避けない秋本の態度。肌を合わせたことがある者同士特有の気安さが、二人の間にはあった。

ふとカオルがこちらを向く気配がして、芽依は咄嗟《とっさ》に顔をそむける。ちょうど横断歩道の信号が青に変わり、逃げるようにその場をあとにした。

心臓がドクドクと嫌な音を立てていた。人混みに紛れたため、きっとカオルに自分の姿は見えなかったに違いない。そう思いつつも、芽依はひどく動揺していた。

駅への道を歩きながら、先ほど見た光景を反芻《はんすう》する。――直感は、おそらく正しい。秋本が店から出るとき、彼はカウンターにいた芽依を見ようとしなかった。それは秋本の中に後ろめたさがあったからだと思えば、説明がつく。

（あの人をすぐお店から連れ出したのも……一緒にいるところを、わたしに見せたくなかったから？）

どこかぎこちない態度だった高田も、ひょっとしたら二人の関係を知っていたのかもしれない。そう考え、芽依の中にふと疑問が浮かんだ。

（関係があったとしたら、一体いつの話？　ていうか、あの人いくつ……？）

カオルは一見年齢不詳で、三十代後半にも四十代にも見える。しかし明らかに秋本よりも年上だ。「Ｌａｒｇｏ」のオーナーの姉と言っていたから、実は結構な歳なのかもしれない。

それほど歳の離れた女性と、男女の関係になるだろうか。そんな思いがこみ上げたものの、彼らが普通の仲でないのは一目瞭然だ。確かにカオルは美しく、常人離れした華やかさがあって、女性として魅力的なことに間違いはない。

（秋本が、あの人と――）

想像した途端、心にどす黒い感情が噴き出し、芽依はぐっと奥歯を嚙んだ。冷静になろうと思うのに、動揺を抑えることができない。

吹き抜ける夜風がスカートの裾を揺らし、肌寒さを感じた。地下鉄に通じる階段を下りながら、芽依はぐっと顔を歪《ゆが》め、荒れ狂う気持ちを必死に押し殺した。

＊　　＊　　＊

カオルと別れ、店に戻った秋本は、高田の言葉に驚いていた。

「……帰った？」

「うん。ちょっと前に」

店内には、フィル・ウッズのアルトサックスのレコードが鳴り響いている。店で待っていると思っていた芽依は、既に帰ってしまったらしい。全く話せないまま帰してしまったこと、そしてカオルにかまけて彼女を二の次にしてしまったことに、秋本はじわじわと罪悪感をおぼえる。

カウンター内でオーダーの酒を作りながら、高田が言った。

「いきなり土岐さんが来るなんて、心の準備がなかったからびっくりしたな。で、あの人、一体何の用で来たの」

「別に……俺がこっちに帰ってきてるのを小耳に挟んで、ついでに謙三さんの店も見たいからって」

「へーえ。芽依ちゃん、寂しそうにしてたぞ。フォローしといてやれば？」

秋本は「うん」と答え、尻ポケットからスマートフォンを取り出す。それをじっと見つめていた高田が、カウンター周辺に人がいなくなったタイミングでボソリと言った。

「なあ、ところでお前、土岐さんとはさ……」

秋本は視線を上げ、無言で彼を見る。その眼差しから言いたいことを察したのか、高田は一旦口をつぐみ、そして盛大にため息をついた。

「……わかった、余計な首は突っ込まねーよ。でも、頼むから揉め事を持ち込むのはやめてくれな。ついでにあの人は、できるだけこの店から遠ざけてくれると助かる」

「……うん」

高田が何を言いたいのか、秋本にはよくわかっている。昔秋本がカオルの店でアルバイトを始めた頃、同じ店でバーテンダーとして働いていたのが高田だ。カオルと同様に秋本とのつきあいは長く、諸々の事情も理解していた。

（でも「遠ざけろ」って言われても……俺の言うことを聞くような人じゃないんだけど）

――カオルは秋本に、「気になる女ができたのか」と聞いてきた。顔を合わせたのは約半年ぶりだったのにもかかわらず、彼女はこちらの微妙な変化に気づいたらしい。

しかし秋本は、彼女の問いかけに何も答えなかった。その頑なな様子をじっと眺めていたカオルは、あっさり「まあいいわ。近いうちにゆっくり会いましょう」と質問を引っ込め、一人で帰っていった。

妙に聞き分けがよかったが、それが逆に彼女が全く諦めていないことを感じさせ、秋本はうんざりとした気持ちを持て余す。

（できれば芽依と、ニアミスさせたくないけど……）

――カオルは気性が激しく、癖のある性格の持ち主だ。もし芽依が秋本とつきあっていると知られれば、厄介な話になりかねない。

そんなことを考えていると、高田がカウンターの中から数枚の紙を差し出してきた。

「これ、お前がいないあいだに入ったリクエスト。しゃきしゃき仕事してくれよ」

リクエストの紙を渡され、秋本はそれを受け取る。フロアのピアノに向かいつつ、仕事をする前に芽依に一言謝っておこうと考え、ＬＩＮＥを送った。

しばらく待ったが、既読はつかない。おそらくは帰宅途中で気づかないのだと想像しながら、秋本は心にこみ上げる後ろめたさをじっと押し殺す。

（……せめてちゃんと見送ってやりたかったな）

今すぐ芽依の顔を見たいのが本音だったが、それは我が儘《まま》だとよくわかっていた。互いの生活サイクルが違うため、会いたいときにすぐ会えるわけではない。

突然のカオルの来店で、すっかりイレギュラーな流れになってしまった。かすかな憂鬱をおぼえ、秋本はやるせなくため息をついた。

第8章

四月も半ばになると、徐々に気温が上がってくる。先週までは肌寒い日が続いていたが、昨日から日中の気温が二十度を超え、春らしい陽気となっていた。

美しい皿盛り《アシェット》のデザート《デセール》を前に、芽依はため息をついた。目の前の皿にはアプリコットムースに包まれたピスタチオのブリュレ、ドライフルーツとナッツのキャラメルタルト、濃厚なチョコレートアイスクリーム、そして塩チーズ風味のビスコッティが華やかに盛りつけられている。専門のパティシエがいるという「ｂａｒ　Ｌａｒｇｏ」では、こうした本格的なデザートが楽しめるようになっていた。

本来無類の甘いもの好きの芽依だが、デザートの皿を前にしているのにその顔色は冴えない。この三日ほど、心には鬱々《うつうつ》としたものが重くのし掛かっていた。

——カオルと一緒にいる秋本を外で見かけたあの日、どんなふうに自宅に帰ったのかは覚えていない。家に着くと、秋本からは「今日は話せなくてごめん　また来て」というＬＩＮＥが届いていた。その文字を目で追い、芽依はぼんやりと考える。

（秋本は、わたしが外で二人の姿を見たのを……知らない）

そしてもちろん、彼らの関係に気づいたことにも。

何と返そうか迷った挙句、結局芽依は「気にしてないよ　また今度ね」と無難な返事をした。しかしあれ以来、整理のつかない気持ちを持て余している。

（過去の話なら……仕方ないんだよね）

デザートの皿をつつき、芽依は自分にそう言い聞かせる。

自分にも、他の人間とつきあっていた過去がある。その詳細を秋本に教えるつもりはないし、きっと彼だってそうだろう。

離れていた七年半のあいだ、秋本がどんな女性とつきあっていても芽依に責める権利はない。たとえそれが、かなり歳が離れた相手だとしてもだ。あの二人の間にどんなやり取りがあってそういう関係になったかはわからないが、年齢さえ差し引けば普通の男女のつきあいに違いないと思う。

そう考え、芽依は自分を納得させる言葉を探して目を閉じた。しかし秋本に触れるカオルの姿ばかりが繰り返し思い出され、脳裏から離れない。芽依はフォークを持つ手を止め、重いため息をついた。

（やっぱり駄目。……納得なんてできない）

理性ではわかっていても、感情は別だ。カオルが秋本に触れた瞬間、そして秋本がそれを拒まなかった瞬間——芽依は猛烈に嫉妬した。自分の中にこんなにも強い感情があったのかと思うくらい、それは苦く心の内側を灼《や》いた。

（秋本の馬鹿。何でわたし以外の人に……触《さわ》らせてるの）

二人の姿を思い出し、芽依の中にふつふつとした苛立ちがこみ上げる。再会して秋本と抱き合ったとき、ずいぶん女に慣れていると思った。そのときも密かに彼の過去の相手に嫉妬したが、顔を知らない人間だから許せた部分がある。

でも実際に目の当たりにすれば、話は別だ。秋本とカオルの間に何があったのかを具体的に想像してしまい、芽依は胸に走った痛みを押し殺す。それは思いがけない鋭さで、何日も芽依を苦しめていた。

（でも、秋本には……言えない）

二人の関係に気づいても、秋本を責めるわけにはいかない。苦しいが過去のことなら、のみ込むしかないのだ。

そう思い、芽依は「次に秋本に会ったときは、普通の顔をしよう」と考えていた。だが店に来た今日、芽依は彼と直接話すこと自体が難しくなっている。

チラリとフロアのほうを振り返り、芽依は再び漏れそうになるため息を押し殺した。

（また来てるなんて……一体どういうつもりなの）

――ピアノを弾く秋本の一番近い席に、ショートカットの女が座っている。

土岐カオルは火の点いた煙草を持ち、すらりとした長い脚を優雅に組んで秋本を見つめていた。芽依がこの店でカオルを見かけてから、今日で三日が経つ。芽依はあの日以来初めての来店になるが、店内でまたもや彼女の姿を見つけて驚いてしまった。

高田いわく、カオルはあれから毎日この店に来ているという。常にピアノの近くの席に陣取り、秋本の手が空いた瞬間に彼を捕まえては、熱心に何か話しているらしい。

（そんなことになってたのに……秋本はわたしに、一言も話してくれなかった）

芽依はモヤモヤしながら目を伏せる。秋本はカオルが来た翌日、一度電話をくれた。しかし前日話せなかったのを詫《わ》びたあとは当たり障《さわ》りのない会話で終わり、その後ＬＩＮＥでもカオルの話題が出ることはなかった。

だが自分の知らないところで、秋本は毎日カオルと顔を合わせていた。――そう思うと裏切られたような気持ちになり、芽依は彼とどんなふうに話をしていいかわからなくなっている。

とはいえ秋本はそんな彼女を迷惑に思っているようで、全く取りつく島のない態度を取り続けているらしい。今日の彼はカオルを避けるためか、かれこれ一時間もピアノを弾き続けていた。即興でフレーズを繋げ、ときおり有名なナンバーのメロディーも取り入れながら、さまざまなパターンで途切れることなく長時間の演奏を続ける様子は圧巻の一言だ。

しかし、視線を上げずに鍵盤を叩く秋本の表情にはどこか不機嫌さが漂い、楽しさは欠片も感じない。

（秋本が、あの人を歓迎してる様子じゃないのが……せめてもの救いだけど）

あんなにもべったりと貼り付かれていたら、芽依が彼に声をかけるのは無理だ。

「マスター、あの土岐さんって」

マルガリータのグラスの縁の塩を中に落とし、芽依はポツリと問いかけた。

「秋本より……結構年上ですよね」

「ん？　……ええっと」

芽依の口からカオルに関する質問が出た途端、高田は動揺した表情を見せる。彼は秋本の苛立ちを理解しつつも、かつての上司と部下という関係上、カオルに強く言うことができないらしい。

高田は歯切れの悪い口調で答えた。

「まあ、そうだね……うちのオーナーの三つ上だし……肌とか見たら、ほんとサイボーグかっていうくらいに若いけど」

――そんな言い方をするなら、やはり相当年上ということだ。手広く事業をやっているならば決して暇なわけではないと思うが、毎日店に来てまで一体何を話しているのだろう。

（……でも）

秋本も秋本かもしれない、と芽依は考える。不機嫌な顔をしながらも結局カオルの相手をするから、彼女は毎日店に来るのではないか。そう思うと、にわかに彼に対する不満がこみ上げ、芽依は重くため息をつく。

(ああ、もう……帰ろうかな)

せっかく来たのに秋本とは一言も話せていないが、この調子ではきっと待つだけ無駄だ。二人の関係を悟って以来、初めてカオルの姿を目の当たりにした芽依は、どうしても冷静ではいられない自分を感じていた。

とりあえず化粧室に行こうと思い、席を立つ。この店の化粧室の入り口は壁で遮られていて、フロアからは見えない。ドアに至るまでの通路は長く、壁にはライブのポスターが何枚も貼られていた。

人でにぎわうフロアを横切った芽依は、あえてピアノのほうには目を向けずに角を曲がった。壁の内側に回り、しばらく歩いて化粧室のドアに手を掛ける。そこで突然、後ろから強く手首をつかまれて驚いた。

振り向くと、そこには急いで追ってきた様子の秋本が立っていた。

「……秋本」

「ごめん、全然話せなくて。芽依が今こっちに行くのが見えたから」

「あ、……うん」

まさか彼がやってくるとは思わず、心の準備がなかった芽依は動揺する。

話がしたかったはずなのに、いざそんな場面になると何も言葉が出てこない。いつ誰が来るかわからない場所で秋本に手をつかまれているのも、ひどく落ち着かなかった。

ふと芽依の視線が、秋本の手に吸い寄せられる。指が長い色気のある手は、芽依が愛してやまない彼のパーツのひとつだ。この手が紡ぎ出す旋律、そして自分に触れるときの優しさを思い浮かべ、しかし同時に「他の人間にも触れたものだ」という考えが頭に浮かんだ。

（わたし……）

——こんなに人が多いところで、今自分は嫌な想像をしている。過去のでき事にこだわり、醜くドロドロとした嫉妬の感情にかられている。

そんな自分にいたたまれなさをおぼえ、芽依は顔を歪《ゆが》めた。

（やっぱり駄目。冷静に話せそうにないし……今日はもう帰らなきゃ）

秋本と話をするなら、日を改めたほうがいい。そう考え、芽依は秋本に告げるために顔を上げた。しかしその瞬間、どこか急いた様子の彼が早口で言った。

「話したいことがあるんだ。俺は——」

「ふうん、やけに急いで行ったと思ったら、こんなところでお取り込み中だったの？」

突然響いた声に、芽依は驚いて声がしたほうを見る。同じく秋本もハッとした様子で通路を振り向いた。

そこにはタイトなスーツに身を包み、こちらを見て微笑むカオルが立っていた。

振り向いた先にカオルの姿を見た秋本は、内心舌打ちしたくなった。彼女のしつこさには、ほとほとうんざりだ。数日前に初めて来店して以降、カオルは一日も欠かさずやってきている。

秋本は彼女を睨《にら》んで言った。

「……いい加減にしてくれよ。さんざん付き纏《まと》った挙句、トイレまでついてくるとか、マジで引く」

「あら、偶然よ？　あなたがいきなり演奏を終わらせて『トイレ』って言うから、じゃあ私も化粧を直そうかしらって思って来ただけ。そうしたらこんなところで可愛いお嬢さんの腕なんかつかんでるんですもの、びっくりしちゃった」

ぬけぬけとそんなふうに言い返され、秋本の中に苛立ちが募る。

（……ふざけんなよ）

＊　＊　＊

――ここ数日、秋本は度重なるカオルの接触に悩まされていた。毎日午後八時に現れる彼女はピアノに一番近い席に陣取り、秋本の演奏を聴く。そして曲が終わるなり話しかけてきて、午前零時まで帰ろうとしない。

こちらがどんなに素っ気なくしても、カオルは全くお構いなしだ。元々彼女は秋本のそうした態度に慣れていて、どんなに冷たい対応をされても好きに話すのをやめない。店長の高田が追い返してくれればいいが、彼は昔からカオルを大の苦手としており、ただ事態を注視して恐々としているだけで、何の役にも立たなかった。

カオルがこれ見よがしにため息をつき、秋本に言った。

「あのねえ、私だって暇なわけじゃないのよ。計がいつまでもいい返事を寄越さないから、わざわざ時間を割いて毎日この店に来ているの。それなのにずーっと待ってる私を差し置いて、曲が終わった途端にいなくなるんですもの。一体どこに行ったのかなって思って当然でしょう？」

「……あんたの持って来た話なら、もう何度も断ってる。これ以上話すことはないから」

「そう？　でもあなた、全然真面目に話を聞いてないじゃない」

ハイヒールの踵《かかと》を鳴らし、カオルが秋本の隣まで来る。彼女は秋本を見上げ、言葉を続けた。

「せっかくいい条件で持ってきてる話なのにね。話しかけても生返事だし、今日は何だかそわそわしてると思ったら……」

カオルはチラリと芽依に視線を向け、薄く微笑んだ。

「納得がいったわ。あなた、こういう子が好みだったの？　――計」

カオルの言葉を聞いた芽依が、顔をこわばらせる。同時にカオルの手が秋本の肘に絡みつき、濃いネイルを塗った爪がやんわりと腕に食い込んだ。

カオルの態度は、明らかに芽依に対する挑発だ。あとを追ってきた彼女は、芽依が秋本にとって特別な相手だと一目で悟ったのだろう。だからこそわざと秋本の下の名前を呼び、身体に触れて、ことさら親密さをアピールしている。

秋本はうんざりしながら息をつき、カオルの手を自分から引き剝がして言った。

「……離せよ」

「あら、冷たい」

カオルがクスクス笑うのを、芽依がじっと見つめていた。彼女は無言でかすかに顔を歪め、突然踵《きびす》を返す。

「……芽依？」

驚いて呼び止める秋本に構わず、芽依はその場を立ち去ろうとした。秋本はもう一度強く呼び止める。

「芽依」

ピタリと足を止めた芽依が、一瞬躊躇《ためら》うように足元に視線を泳がせた。やがて彼女は、押し殺した声で「……秋本は」と切り出す。

「秋本は、わからないんだね。わたしが秋本とこの人を見て、何を思ってるか。……ここまでこの人は、あからさまなのに」

「——————」

秋本は虚を衝かれ、言葉を失う。芽依の言い方は、まるで何もかもわかっているかのようだ。カオルが挑発的な態度を取る意味を、……そして過去に自分たちがどんな関係だったのかを。

芽依はそんな秋本を、失望と苛立ち、もどかしさの入り混じった、複雑な眼差しで見つめた。そして彼女は、ポツリと言った。

「鈍いにもほどがあるよ。——わたし、もう帰るから」

＊　＊　＊

押し殺した声で言い捨てた芽依は、足早に通路を抜けてカウンターに向かう。バッグから財布を取り出し、千円札を数枚置いて、早口で高田に告げた。

「ごめんなさい。帰ります」

「えっ」と驚く彼を尻目に、芽依はおつりを受け取らずに店を出た。ビルの前に客待ちのタクシーを見つけ、急いでそれに乗り込む。住所を告げると車が走り出し、ようやく息を吐いた。

「…………」

時間が経つにつれ、やりきれなさがこみ上げてくる。大人気ない態度を取ったとも思うが、芽依はあれ以上秋本とカオルが一緒にいるところを見ていたくなかった。

——本当はカオルの前では、何も話したくなかった。しかし彼女が挑発するような眼差しでこちらを見つめ、秋本に腕を絡ませたのを見た瞬間、気がつけば芽依の口からは秋本を責める言葉が出ていた。

他人に無関心な彼は、昔から人の心の機微に疎いところがある。そんな秋本は芽依が二人の関係に気づいていたことなど、思いもよらないのかもしれない。

先ほどまでの一連のやり取りを思い出し、芽依はふつふつとした怒りを感じていた。

(「こういう子が好みだったの」って、どういう意味？　……まるでわたしが相手じゃ不満みたいに)

気安く秋本に触れて、ああして意味深に笑われて——何も気づかないほうがおかしい。

そう考えながら芽依は顔を歪め、シートに背を預ける。

どす黒い気持ちで、心がどんどん染まっていくような気がした。やはり先日の自分の勘は正しかったのだと、芽依は考える。あの二人には確かに関係があり、おそらくカオルは今も秋本に対して強い独占欲を抱いているということなのだろう。

昔の話なら、蒸し返して責めるつもりはなかった。しかしあんなふうに挑戦的な目で見つめられると、「彼らの関係は、本当に過去になっているのか」と嫌な想像をしてしまう。

（わたしのこと……好きだって言ったくせに）

こんなにも不安にさせる秋本に、恨みがましい気持ちがこみ上げていた。それが八つ当たりだとわかっていても、芽依にはカオルに煽《あお》られた気持ちのやり場がない。

車窓から外の流れる景色をぼんやり眺めたものの、ドロドロとした感情ばかりが渦巻いて苦しくなった。芽依は運転手に声をかけた。

「……すみません、ここでいいです」

自宅まではまだ距離があったものの、外の空気を吸って少し冷静になりたかった。

運賃を精算した芽依は、車外に降り立つ。すぐにタクシーが走り去り、夜風に吹かれながらじっと空を見上げた。

わずかに欠けた月を、雲がゆっくりと覆い隠していく。まるで自分の気持ちを表しているかのようで、芽依は鬱々とした気分になった。

（秋本は、あの人を……どうするつもりなの）

これからもずっと、カオルは秋本に付き纏い続けるのだろうか。……そして秋本は、それをはっきり拒絶しないままなのだろうか。

やりきれずに唇を噛み、芽依は重い気持ちを抱えて自宅へと歩き出した。――自分がどうするべきなのか、わからなかった。

第9章

今日は朝から快晴で、朝九時半のリビングには明るい光が差し込んでいる。

普段なら寝ている時間帯だが、今日の秋本は起きていた。本当は少し仮眠を取ろうと思っていたものの、考え事をしていて寝そびれてしまい、そうするうちに出掛ける時間になって準備をしている。

準備といっても、することはほとんどない。シャワーを浴びて身支度をし、貴重品をポケットに入れようとしたところで、秋本の視線がふとスマートフォンに吸い寄せられる。

(……電話に出なかったな)

——昨夜「Ｌａｒｇｏ」に来た芽衣は店内でカオルと鉢合わせ、そのまま帰ってしまった。カオルがわざと彼女を挑発する態度を取ったためだが、そのときの芽依の顔を思い出すと、秋本の中に苦い思いがこみ上げる。

昨夜、足早に立ち去っていく芽依の後ろ姿を見つめ、カオルは笑って言った。

『あら、残念。帰っちゃったわね。ゆっくりしていけばいいのに』

全く反省した様子のない彼女を睨《にら》みつけ、秋本はすぐに芽依のあとを追おうとした。しかしカオルは秋本の腕を強くつかみ、その場に引き止めた。

『――待ちなさい。私も本当に暇じゃないの。あなたがあくまでもこちらを蔑《ないがし》ろにするつもりなら、私にも考えがあるわよ』

脅しめいた言葉に、秋本は無表情になった。じわりと苛立ちがこみ上げるのを感じながら、秋本はカオルを見下ろして問いかけた。

『……一体どんな考えがあるっていうんだ』

『私の顔の広さはわかってるでしょう？　あなたにも、さっきのあの子にも、私の気分次第でいかようにもできるのよ。さて、どうしようかしらね』

――カオルには幅広い人脈があり、荒っぽい連中ともつきあいがあるのは知っている。

秋本はぐっと奥歯を噛《か》み、押し殺した声で言った。

『彼女に何かしたら許さない。そもそもあんたが気に入らないのは俺の態度のはずなのに、何で無関係の人間を巻き込もうとするんだ』

『無関係、ねえ』

カオルは面白そうにつぶやき、秋本を見つめて笑った。

『ふふ、怖い顔しないで。ほんの冗談よ。あなたの言うとおり、無関係の人間を巻き込んだりはしないし、あなた自身にどうこうするつもりもないわ。だってあなたのこの指は、何にも代えがたい宝なんだから』

カオルの指が秋本の手に触れ、そっと指先まで辿《たど》る。秋本が不快感をおぼえたそのとき、彼女は視線を上げ、声を低めて言った。

『でもこれ以上はぐらかすなら、どうなるかは保障しない。それが嫌なら、きちんと話し合いのテーブルにつきなさい。いい、これは世間話ではなく、ビジネスよ』

『…………わかった』

秋本は努めて冷静に答えた。

『話し合いには応じる。でも俺のほうにも都合があるから、日時の詳細はこちらから連絡するまで待ってほしい。あんたがビジネスだっていうなら、そっちの一方的な要求ばかり押しつけるのはおかしいだろ』

『ええ、もちろんよ』

芽依を追いそびれた秋本は、彼女の携帯に電話をした。しかし二回かけても、芽依は出なかった。気づかないはずはなく、おそらく出ないことが、彼女のこちらに対する意思表示なのだろう。そう思い、秋本は深くため息をつく。

（……どうしたもんかな）

できれば昨日のうちに、ちゃんと話をしたかった。「鈍感にもほどがある」という芽依の言葉が、あれからずっと秋本の胸に突き刺さっている。カオルが初めて店に来た時点で、こうなるのは充分予測ができた。しかし今後カオルと顔を合わせなければ済む話だと思い、秋本は芽依に何も説明しなかった。

　そんな自分の鈍さ、そして立ち回りの下手さに、秋本はうんざりする。

（……もう一度連絡しておくか）

　秋本は電話やメールが得意ではなく、直接芽依の顔を見て話がしたいと思っていた。この時間帯の彼女は仕事中で、電話をしても出ないのはわかっている。仕方なく秋本はLINEの画面を開き、メッセージを打った。

（……芽依はどう思ったんだろう）

　ふとそんな考えがよぎり、秋本はスマートフォンを操作する手を止める。昨夜の態度からすると、芽依が秋本とカオルの間にただならぬものを感じているのは明白だ。今も昔も心を動かした人間は芽依しかいないのに、過去の振る舞いが今こうして自分の首を絞めている。

（それとも……）

　――こうなるのは、やはり必然だったのだろうか。自分のような人間が芽依に手を伸ばすのは、やはりおこがましいことだったのだろうか。

「――――」

　秋本は深くため息をついた。どんなに後悔しても、過去は消せない。ならば「今」の自分が努力して、現状を変えるしかないということだ。

上着を羽織り、忘れ物がないかを確かめて、秋本は自宅を出る。外に出た途端に明るい春の日差しが降り注ぎ、眩《まぶ》しさに目を細めた。

＊　　＊　　＊

午前中の社内は人の出入りが激しく、喧騒《けんそう》に満ちている。忙しく仕事をこなして昼休みになった頃、芽依は同僚から声をかけられた。

「芽依ー、お昼どうする？　私たち外に出るけど」

書類を片づける手を止め、芽依は少し悩んで答えた。

「うーん、今日はやめとく」

「どうしたの？　ダイエット？」

「うん、まあ……そんなとこ」

笑って曖昧《あいまい》に答え、芽依はランチに出掛ける女子社員たちを見送る。

人のまばらになった事務所内で、芽依はため息をついた。昨夜は自宅に帰ってからもまんじりとせず、なかなか寝付けなかった。寝不足で頭痛がしたものの、会社を休むわけにはいかない。午前中は仕事に没頭して気を紛らわせ、やっと昼休みになった。

社内では節電が推奨されているため、芽依は残っている人に声をかけて事務所の電気を消す。天気予報で今日は気温が上がると言っていたとおり、外は明るい日が降り注いでいた。しかし芽依の気持ちは、依然として暗い。こうして時間があると、つい考えに沈んでしまう。

（あの二人が過去につきあっていたのは……間違いない）

――先日見た二人の親密な態度、そして昨日のカオルの様子から、それはもう確実だと思う。

しかし今も関係が続いているかといえば、たぶんそれはないのではないかと芽依は感じた。秋本は明らかに迷惑そうにしていて、カオルが初めて店に来たときもしばらくぶりに会ったような口調だった。

（でも――あの人のほうは、まだ……）

秋本の肘に触れたカオルの様子を思い出し、芽依は苦々しい思いを噛みしめる。昨夜は怒りの感情が強かったが、時間が経つにつれ、芽依の中では秋本を責める気持ちが徐々に萎んできていた。

代わりに昨夜の自分の態度ばかりが思い出されて、仕方がない。秋本にあんな態度を取ることがはたして正しかったのか、彼がどう思ったのか――そんなことが気になって、今日は朝からずっと落ち着かなかった。

（わたし……あんな言い方して……）

――秋本の言い分は何も聞かず、一方的に怒って帰ってきてしまった。

カオルが秋本に纏《まと》わりつくのが嫌だったし、秋本がきっぱりそれを拒絶しないのも、彼女についてきちんと説明してくれないのも嫌だった。だがカオルに苛立ってつい尖《とが》った態度を取ったものの、芽依の中には後悔ばかりがある。

昨夜の秋本の驚いた顔からすると、こちらの真意は何も伝わっていないかもしれない。彼にとっては芽依が二人の関係に気づいていたことが予想外で、だからこそあの表情だったのだと思えば、納得ができる気がする。

(そうだよ……秋本が鈍いのなんか、とっくにわかってたんだから)

――突然あんなふうに責めたりせず、まず彼にちゃんと話を聞くべきだった。

気づけば誰もいなくなった事務所の中、窓辺にもたれた芽依はぼんやりと外を眺める。空は穏やかに晴れて、いい天気だ。外の明るさが、照明の落とされた事務所内を余計に薄暗く感じさせている。

昨夜は、「芽依を好きだ」と言ったくせに不安にさせる秋本に、強い怒りが湧いた。でも今は、それは自分本位で身勝手な考えだと感じる。

(だってわたしは秋本に、気持ちを伝えたことがないんだから……)

芽依と秋本の関係は、彼がまめに愛情を伝えてくれているからこそ成り立っているものだ。こちらが煮え切らない態度を取っていても、彼は真摯で優しい。だから再会してからはずっと、円満につきあってこられた。

　秋本が伝えてくる愛情の細やかさ、言葉や態度は、いつしか七年半前のわだかまりを忘れさせるくらい、芽依を安堵《あんど》させていた。ひょっとしたら自分は、そうした秋本の態度に胡坐《あぐら》をかき、どこかで当たり前のように思っていなかったか。そんな気持ちが、芽依の中の彼に対する怒りをトーンダウンさせている。

（わたしは……ずるい）

　いつか秋本がアメリカに帰ってしまうのを考えると怖くて、「好き」という言葉を口にしたことがない。それなのに、秋本が自分を好きでいてくれるのを当然のように受け止めている。

（もしかして、そんなふうに思い上がってたから……罰《ばち》が当たったのかも）

　秋本がどれだけ愛情を示してくれても、芽依は彼に気持ちを返さなかった。いつか一人になったとき、極力傷つかないように――そんな自己保身にばかり、必死になっていた。

　だからこそ昨夜カオルに挑発されたとき、彼女に直接言い返すことができなかった。堂々と「秋本に気安く触らないでほしい」と言えばよかったのに、自分にはそう言う資格がない、秋本とちゃんと向き合っていない――どこかでそう思っていたから、八つ当たりめいた言葉しか口にできなかった。

　おそらくそんな自分は、気持ちでもうカオルに負けているのだと芽依は思う。

（本当は誰よりも、好きなのに……）

もし、もっと早くに秋本に気持ちを伝えていたら、こんなふうに拗《こじ》れることはなかっただろうか。

秋本が好きで、彼を失いたくないと思うのなら、いつまでも意地を張っていても仕方がない。ちっぽけなプライドを捨て、もっと秋本と一緒にいるための努力を自分からしなければ、彼とはいつか駄目になってしまうだろう。

昨夜、芽依のスマートフォンには二件の着信があった。電話は秋本からで、意地を張った芽依はついそれを無視してしまった。

秋本には電話のこと、そして昨夜のこちらの態度を謝らなければならない。その上で、彼とちゃんと話がしたい。

そう心に決めた芽依は、昼休み後、午後の仕事に取り掛かった。しかし夕方に仕事を終えて向かったロッカールームで、スマートフォンに届いていたＬＩＮＥを見てドキリとする。

画面には、「しばらく会えない　また連絡する」という短いメッセージがあった。

（……どうして？）

芽依は動揺し、ディスプレイを食い入るように見つめた。自分はやはり昨日、秋本を怒らせてしまったのだろうか。だから彼は、こんなメッセージを送ってきているのだろうか。

一方的に秋本を責めたこと、電話に出なかったこと——心当たりは、ありすぎるほどある。

(しばらくって、いつまで……？)

「会わない」ではなく、「会えない」と書かれているから、何か理由があるのか。それとも、カオル絡みで揉《も》め事でもあったのか。

さまざまな憶測が頭の中を駆け巡ったが、芽依は固まったまま動くことができなかった。

「いつまで」と聞けばいいのに、なぜかそれができない。今まで秋本にきちんと向き合ってこなかった負い目が躊躇《ためら》いとなり、行動を鈍らせているのかもしれなかった。

結局返事はせずに様子を見たものの、その後二日経ち、三日経っても秋本からの連絡はなく、芽依の不安は増した。

(……わたし、やっぱり秋本を怒らせた？)

芽依は意を決して、四日目の火曜の夜に「ｂａｒ　Ｌａｒｇｏ」を訪れた。とにかく直接秋本に会って、話がしたい。顔を見て謝りたい。そう考えてのことだったが、芽依の顔を見るなり、カウンターにいた高田が驚いた顔をした。

「どうしたの、芽依ちゃん。計ならいないけど」

「えっ？」

「あいつ、何日か前からニューヨークに帰って——って、あれ、知らなかった？」

（……帰った？）

芽依は言葉を失う。予想外の事態に、頭が真っ白になっていた。そんなことは一言も聞いていない。

高田に「まあ、座って」とカウンターに促され、芽依は椅子に座る。彼は濡《ぬ》れた手を拭きながら言った。

「てっきり知ってるかと思ったのに。連絡きてないの？」

「『しばらく会えない』っていうＬＩＮＥはきてたんですけど……何で会えないかまでは、詳しく書いてなくて」

「ああ、そっか。何だあいつ、言葉足らずもいいとこだな」

高田は笑って言った。

「帰ったっていっても本格的にじゃなく、どうもあっちで片づけなきゃいけない案件があって、仕方なくってことらしいよ。用が済んだらすぐ戻ってくるって言ってたけど、それが五日後になるか二週間後になるか、時期はちょっとわからないって」

「……そう、なんですか」

――とりあえず秋本は、帰ってくるのだ。そう考え、芽依の中に安堵《あんど》がこみ上げる。

しかし同時に、心に暗い影が差した。秋本はやはり、向こうの生活が基本なのだ。いつも電話でイライラと対応していたことが、放置できなくなったのだろう。今回は一時的な渡米らしいが、生活基盤が向こうなら、いずれ日本から離れるのは間違いない。

頭ではわかっているのに、感情がそれについていかなかった。このタイミングで以前から恐れていたことが現実になっても、芽依には何も心構えができていない。

（いつか秋本は……アメリカに帰る）

――数日連絡が取れないだけでこんなにも不安なのに、もしそうなったら一体どうしたらいいのだろう。

そのときふいに店の入り口のドアベルが鳴り、女の声が響いた。

「なあに、もう。今日も来てないっていうの？」

芽依は驚き、視線を向ける。そこには土岐カオルが、フロアのピアノを見ながら不機嫌そうに立っていた。

ラインがきれいなワンピースにジャケットを合わせた彼女は、今日も華やかで美しい。カオルはハイヒールを鳴らして入ってくると、カウンターにいる高田を睨んだ。

「いい加減、あの子がどこに行ったのか教えなさい、高田。隠すと為にならないわよ」

「いらっしゃいませ、土岐さん。毎日ご苦労さまですけど……俺は本当に知らないんですよ。急に計から『何日か休む、行けるようになったら連絡する』って電話で言われたきりで、詳しい話は何も聞けてないですし。大方風邪でも引いて、家で寝てるんじゃないんですか？」

高田がニッコリ愛想よく笑い、そう答える。

だが言い終えると、彼はもう話すことはないと言わんばかりに目を伏せ、手元の作業に戻った。その様子からは、高田がカオルに辟易《へきえき》していることが強く伝わってきて、おそらく秋本がいないあいだも彼女が店に来ていたのだと芽依は想像する。

高田の言葉を聞いたカオルは、舌打ちせんばかりの表情で答えた。

「あの子の家にはとっくに行ってみたわよ。でも出てこないし、連絡も取れないから、あんたに聞いてるんでしょ」

「ああ、でしたらオーナー――謙三さんに聞いてみたらどうです？　個人的に何か知ってるかもしれないですし。よかったら今すぐ連絡取りますけど」

「余計なことしないで、謙三なんか呼ばなくていいわ。……まったく、話し合いに応じるって言ったきり連絡が取れなくなるなんて、一体どういうつもりなのかしら」

カオルが吐き捨てるように言う。どうやら彼女は、秋本が店を休んでいる理由を知らされていないらしい。高田が呼ぶと言ったこの店のオーナーは、カオルの実弟のはずだ。だが彼女の口調から察するに、あまり仲が良い姉弟ではないようだった。

（………どうしよう）

高田とカオル、二人の間に挟まれた芽依は、困惑しながら手元に視線を落とす。

カオルは高田と話すのに夢中で、芽依に気づいていない。もし気づかれたら厄介だと考え、芽依は彼女から見えないようさりげなく顔をそむけた。

秋本がいないのは事実なのだから、諦めてさっさと帰ってくれたらいい。そう思っていたが、ふとカオルがつぶやいた。

「あら？　あなた……」

（……ああ、ばれちゃった）

芽依はテーブルの上の手をぎゅっと握りしめる。自分の顔を見つめるカオルの視線を、痛いほど感じた。芽依に気づいた彼女は「ふうん」と言ってにんまりと笑い、高田を見た。

「ふふ、気が変わったわ。今日はこちらのお嬢さんとお話ししようかしら」

突然の申し出に、芽依はドキリとする。高田が顔を上げ、カオルに咎《とが》める視線を向けた。

「……土岐さん」

「何よ、文句は言わせないわよ。誰と話そうが、私の勝手でしょ」

カオルはハイヒールの踵《かかと》を鳴らしてカウンターに近づき、横から芽依の顔を覗き込んだ。

「――ねえあなた、一杯奢《おご》るから、あっちで少し私とお話ししない？」

そばに来た途端、彼女の身体から強い香水が香った。間近でカオルの顔を見つめることになった芽依は、改めて「きれいな人だな」と考える。高田が言うとおり彼女の肌は皺《しわ》ひとつなく、それほど年上だとは思えない。

芽依は何と返そうか考えた。きっと断ることもできる、そう思うのに、芽依はきっぱりとカオルを拒絶できなかった。

「……はい」

気づけはそう返事をしていたのは、おそらく抑え切れない好奇心があったからだ。秋本とカオルがどういう経緯で男女のつきあいをすることになったのか、そしてそれがいつまでの関係だったのか——芽依は当事者の口から、真実を知りたい。

芽依の返事を聞いたカオルが笑顔になり、高田を見た。

「高田、あっちの席借りるわよ。飲み物は適当に持ってきて」

上機嫌で言ったカオルは、フロアの奥に向かって歩き出す。芽依がそれについていこうと席を立った瞬間、高田がひそめた声で言った。

「芽依ちゃん、あの人につきあうことなんかないよ。あとは俺がどうにかするから、さっさと帰ったほうがいい」

「……大丈夫です」

「でも」

「本当に。別に取って食われるわけじゃないんだし」

あえて明るく言った芽依の言葉に、高田は困惑した表情で一旦口をつぐむ。彼は抑えた声で言った。

「……土岐さんが芽依ちゃんにちょっかい掛けたなんて計が知ったら、俺が怒られるよ。

『何で止めなかったんだ』って」

「そのときはちゃんと、『マスターのせいじゃない』って説明しますから。……それにわたし、あの人と話をしてみたいんです」

まだ何か言いたげな高田との話を切り上げると、芽依は店の奥に向かって歩き出す。

カオルが何を話したいのかは、わからない。ただ初対面に等しい自分たちの話題は、秋本のことしかないと思う。

何も知らずに悶々として疑心暗鬼になるくらいなら、ちゃんと話を聞いたほうがいい。

そう考えながら芽依はカオルの後ろ姿を見つめ、バッグを持つ手に力を込めた。

＊　＊　＊

（あーあ、あれ、どうしたもんかな……）

フロアの奥に向かう芽依の後ろ姿を見つめ、カウンター内の高田はため息をつく。

連日店に来るカオルは、ここ最近秋本の姿が見えないことに苛立ちを募らせていた。彼が出勤しないのはニューヨークに行っているせいだったが、高田は秋本から「自分がいない理由は、カオルに話さないでほしい」と頼まれ、彼女に何を聞かれても煙に巻いていた。

（どーすんだよ、計。土岐さん、獲物でも見つけたような目してるぞ……）

秋本と交際中の芽依は、数日前に店内でカオルとニアミスし、彼女の態度に怒って帰ってしまったらしい。その翌日に秋本はニューヨークに発ったが、彼はどうも芽依に詳しい事情を話していないようだ。そのせいで今日、彼女は秋本と話をするためにわざわざ店までやって来て、まんまとカオルと鉢合わせしてしまった。

（言葉が足りなすぎるだろ、あのコミュ障め。渡米することくらい、自分の彼女には話しておけっつーの）

芽依を見つけたカオルは、案の定彼女にちょっかいを掛け、「少しお話ししましょう」と誘って店の奥のテーブルに行ってしまった。芽依が断らずにそれを受けたのは、自分が秋本の現在の彼女だというプライドがあるからだろうか。

カオルは実業家として長く厳しい業界に身を置き、性格に一癖も二癖もある人物だ。芽依のようなごく普通の「女の子」が敵う相手ではない。話し合いなどしても、いいようにやり込められてしまうのが目に見えている。

とはいえ高田は一介の店長にすぎず、客同士が表向きは穏やかに話しているのを邪魔する権利はなかった。そこでカウンターにホールウェイトレスの真子がやってきて、奥のテーブルを眺めながら言った。

「あー、また来てるんですねえ、オーナーのお姉さん。計ちゃん本人がいないのに、女同士で話し合うなんて怖ーい」

「……マコ、あんまりジロジロ見るな」

「わかってますよー。でもすっごく気になるなあ。何話してるんだろ？」

野次馬根性丸出しの真子を、高田は渋面でたしなめた。

「客同士の会話にむやみに聞き耳立てたり、それを吹聴するような行動が見えたら、速攻クビにするからな。あ、江田島、これ奥の十番テーブルに持ってって」

興味津々の真子を使うのはよくないと考え、高田はちょうどやってきた江田島にグラスを託す。お盆を持った彼がカオルと芽依がいるテーブルに向かうのを見送り、ため息をついた。

（まあ、俺にはもうどうしようもないんだけどさ……）

――部外者の高田には、二人の間でどんな会話がなされようと介入できない。せめてできるのは、カオルが繰り返し来店しているのをオーナーに報告することくらいだ。

そう考え、高田は憂鬱な気持ちで店のコードレス電話を手に取った。

＊　　＊　　＊

ピアニストの秋本がいない今日、フロアにはジャズのレコードが流れている。早い時間のせいか、客の数はまだそう多くはなかった。

「——初めまして。と言っても、顔を合わせるのは二度目よね。土岐カオルよ」

奥のソファ席に座ったカオルが、そんなふうに自己紹介する。テーブルに出された名刺には、「株式会社RESONANCE　代表取締役　土岐カオル」と記されていた。

ソファで悠然と足を組んだカオルが、じっと芽依を見つめてくる。自信に満ちた態度は女王然としていて、貫禄《かんろく》すら感じさせた。名刺を持っていない芽依は彼女の向かいのソファに足を揃えて座り、彼女の目を見て答えた。

「……佐々木芽依です」

「芽依さん？　可愛い名前ね」

どこかしらじらしい口調で言いながら、カオルは長い指でシガーケースから煙草を取り出し、きれいにルージュが塗られた唇に咥《くわ》えて火を点ける。彼女は紫煙を吐き出すと、ふと気づいたように言った。

「……ごめんなさい。煙、大丈夫？」

「はい」

「そうよね。あの子も吸うものね」

カオルがにじむように笑い、そう言葉を付け足した。

（「あの子」……）

ふいに芽依は煙の臭いから、彼女が吸っている煙草の銘柄が秋本と同じものだと気がついた。何となく嫌な気分になり、こうしてカオルについてきたことがはたして正しかったのか、今頃になって不安がこみ上げる。

そこに江田島が、飲み物を運んできた。カオルにはブラッディメアリ、芽依にはテキーラサンライズというチョイスは、二人の好みを知る高田の判断らしい。乾杯はせずにカオルが口をつけたため、芽依は「いただきます」とつぶやき、申し訳程度にグラスの中身を舐《な》めた。

「で？　あなた、あの子がどこに行ったか知らないの？」

ふいにカオルにそんなふうに問いかけられ、芽依は答えた。

「……ごめんなさい、わかりません」

「ふふ、あなたといい高田といい、本当いけずよねえ」

どうやらカオルは、芽依と高田が秋本の行方をあえて隠しているのに気づいているようだ。彼女は「まあいいわ」と言って笑い、芽依の顔を見つめた。

「……私と計は、彼が十七の頃からのつきあいなの」

長い指に煙草を挟み、カオルはおもむろに語り出した。

「当時私が経営していたジャズバーに、ふらっとやって来たのが最初だったわ。見るからに細っこくてね、店のイベントのジャズセッションを、食い入るように見てた」

――それから秋本は、月に何度か不定期に開かれるイベントに必ず来るようになったという。彼が成人していないと何となく気づいていたカオルだったが、あるとき客も参加できるイベントを開催した際、秋本は店にあるピアノを弾かせてほしいと言ってきたらしい。

「あの子のピアノを聴いたのは、それが最初よ。あのときの衝撃といったらなかったわ。……今でも思い出せるくらい」

――まるで塞《せ》き止められていた何かが決壊したかのように紡ぎ出される、秋本の音。その独創的なセンスと確かな技術に、カオルはすぐに秋本の才能を見抜いたのだと言った。

「これでも私、耳は肥えてるの。長くピアノをやってたしね」

そう言ってカオルは、突然自分のジャケットの右袖をまくった。そこには肘にかけて長く走る、古い傷跡があった。

「……若い頃、ピアノで海外に留学してたの。コンクールで順調に実績を積んでいて、自分は絶対に世界的なピアニストになるんだって思ってた。でもあるとき路上強盗に襲われて、腕に致命的な傷を負ったのよ。大事な腱《けん》が切れちゃって、そこで私のピアニスト生命はおしまい」

カオルは自嘲的に笑い、手首の傷をしまった。

「計はね、暗い、鬱屈《うっくつ》した目を持った子だったわ。聞けば家にあったピアノを親に処分されて、弾けるところがないんだって言ってた。まあ、そうやって抑圧されたからこそ、彼の演奏には凄みがあるのかもしれないわね。あの子のピアノに対する渇望は……私にも理解できた」

――怪我でピアノを断念することを余儀なくされたカオルには、秋本の気持ちがわかったのだろうか。

芽依が黙ったまま話を聞いていると、カオルはどこか遠くを見ながら言った。

「私はすぐ、計の才能に夢中になった。でもそれ以上に、きれいな顔をしたあの子自身にも興味があったの。だから言ったわ――『ピアノを弾かせてあげる代わりに、あなた、私と寝れる？』って」

「えっ……」

芽依は驚きに目を見開き、カオルを見つめた。何となく二人の仲は想像できていたが、言われた内容に驚いていた。

（秋本は――十七の頃から、この人と？）

「『私はあなたに、ピアノを弾く環境を与えてあげられる。店以外でも、空いてる時間はスタジオを好きに使っていい』って言ったわ。……そうしたらあの子、何て答えたと思う？」

カオルが問いかけてきたが、芽依は答えることができなかった。彼女は端から返事を期待していなかったのか、すぐに言葉を続けた。

「――あっさり条件をのんだわ」

カオルは楽しそうにクスクスと笑った。すらりとした脚を組み直し、彼女は言った。

「計の中では、ピアノが一番なのよ。ピアノを弾けるなら、何でもするってことだったんでしょうね。……それからずーっと、あの子は私の可愛いペットだった。高校三年になって、いよいよ親からのプレッシャーがきつくなってきたと聞いて、私は計に言ったの。『アメリカの大学で音楽を学びなさい、その費用は負担してあげる』って」

高校三年――ちょうど芽依が、秋本とつきあっていた時期だ。

カオルの話からすると、彼は芽依とつきあっていたときも彼女と関係があったことになる。芽依は心の芯がどんどん冷えていくのを感じていた。

カオルが話を続けた。

「当時ボストンに私の弟がいて身元引受人になることができたし、アメリカでの学費も生活費も、全部私が出すつもりでいたのよ。もちろんそのためには、それまでどおりの関係を続けるのが暗黙の了解だったけど――あの子はその話を、のんだ」

秋本がアメリカに留学したのは、カオルの発言がきっかけだったのだと芽依は理解した。最後に秋本が学校に来たとき、クラスメイトが「秋本が派手な女の車に乗っているのを見た」と言っていたのは、きっとカオルのことだったに違いない。

カオルは微笑みながら言った。

「でも実際はあの子、渡米してても私の援助は受けなかったわ。私が紹介した弟と意気投合して、勝手に話を進めて……弟が計の両親と話し合って二人から許可をもらい、向こうでの住むところや学費の援助をしたの。出世払いって形でね」

　ふうっと紫煙を吐き出し、カオルはまだ若干長さのある煙草を灰皿で消した。

「でも最初に計にピアノを弾ける環境を与えたのは、私。それだけじゃない、酒も煙草も、女の抱き方も——全部教えたわ。私がいなければ、彼は何ひとつ手にできなかった。今のあの子の成功はなかったってことよ」

　芽依を見つめて笑ったカオルは、ソファに背中を預ける。

「ここ数年はすっかり一人前のような顔をして、だんだん私に逆らうようになってきたけど。それでも私はまだ、あの子に有益なものをもたらしてあげられる。——私が計に持ってきたのはね、ＣＤデビューの話よ」

「ＣＤ、デビュー……？」

「そう。これでも私、あちこちに顔が利くの。あの子の実力とルックスなら、きっと人気が出るわ。その話をしに、最近は毎日ここに来ていたんだけど」

　——カオルの話を聞いた秋本は、色よい返事を寄越さなかったらしい。芽依が複雑な表情で黙り込むと、カオルはそれを目を細めて眺めた。

「……あなたは私のように、彼の役に立つことができて？」

「…………」

「何もあなたを貶《けな》してるわけじゃないのよ。ただ、計には今よりもっと有名になっていい実力があるの。あの子のそばにいるのは、その価値をわかってやれる人間が一番じゃないかしら」

（秋本の……価値）

カオルに言われた言葉を、芽依は心の中で反芻《はんすう》する。音楽の世界に疎い芽依が、本当に彼の価値がわかっているかというと、きっとそうではない。カオルがクスリと笑った。

「勘違いしないでね。別に計が誰とつきあおうと、私は全然構わないわ。あの子、昔からあっちこっち食い散らかして、女は私だけじゃなかったし」

さらりと爆弾発言を投下し、カオルは優しげに見える笑みを浮かべて言葉を続けた。

「でもこれ以上一緒にいても、あなたがつらくなるだけだと思うの。計の中身はね、ピアノだけ。それ以外に興味はないのよ。私はそれをよく知ってるから、別に何とも思わないけど……。どちらにせよ、あの子はもっと上に行くから、あなたはいつかついていけなくなるんじゃないかしら」

（一緒にいると、つらくなる？　秋本には才能があって、わたしは凡人だから……？）

カオルの言うことは、おそらく間違っていない。秋本には非凡な才能があり、芽依はごく普通の一般人だ。しかし芽依の心には、ふつふつと滾る思いがあった。

「――あの」

「なあに？」

「確かにわたしは、音楽に疎いです。専門的なことはわからないし、曲名だって何ひとつ当てられない。でもわたしは、秋本のピアノが好きです。見た目とは裏腹に、強い劣等感を抱いている彼自身のことも——完璧じゃない部分も含めて、好きで大切にしたいと思っています。……高校のときから、ずっと」

芽依の心臓が、ドクドクと音を立てていた。こんなふうにカオルに言い返すなど、自分でも想定外のことだ。

カオルはそんな芽依を黙って見つめ、やがてふっと笑う。彼女は静かに言った。

「ふうん。計のピアノが好き？　……彼自身のことも？」

「…………」

「——笑わせないで。あなたの好意ごときが、一体何の役に立つっていうの？　劣等感とか知ったような口をきくけど、あの子は天才なのよ。実力にふさわしい環境を与えられればより大きく花開くっていう話をしているのに、好きだの嫌いだのとままごとみたいに甘っちょろいことを。馬鹿馬鹿しいにもほどがあるわ」

刃のように鋭く切り込むカオルの言葉に、芽依はぐっと膝の上の拳を握りしめる。こちらを見つめる彼女の眼差しには強い敵意がにじんでいて、その迫力に気圧されていた。

カオルはこれ見よがしに大きくため息をつき、視線をそらしながらソファに背を預ける。そしてしばらく沈黙したあと、彼女は芽依に言った。

「どうやらあなたとは、実りのある話はできないようね。まあ、どんな気持ちを抱くのも自由よ？　あなたくらいの歳だと、そんなことにしか興味ないんでしょうし。でも、くだらない感情論であの子の足を引っ張るのは、私が許さない。――よーく肝に銘じておいて」

「…………」

「もう帰っていいわよ」

カオルはどことなく苛ついているように見える。悠然と構え、余裕でこちらを見下していたはずなのに、先ほどの芽依の発言がよほど気に障ったのだろうか。

芽依は椅子から立ち上がった。バッグから財布を取り出し、酒の代金を出そうとしたが、それを見たカオルが新しい煙草を咥えながら言う。

「お代はいいわ。私から誘ったんだし、気にしないで」

「そうですか。じゃあ、……失礼します」

芽依は頭を下げると、店内を横切り、カウンターには目を向けずに、そのまま店の外に出た。

外は細かな雨が降り出していた。傘を持たない人々が急ぎ足で通り過ぎていく中、芽依はうつむいて駅に向かって歩く。客待ちのタクシーの赤いテールランプが、雨でにじんで見えた。歩いているうちに雨足が強まってきて、芽依は目に付いた店の軒下に入る。鈍色《にびいろ》の空を見上げ、落ちてくる雨粒をぼんやりと見つめた。

先ほどのカオルとのやり取りを思い出す。彼女に向かって言った言葉に、嘘はない。秋本を好きな気持ちは誰にも負けないくらいに強く、自分の発言にも後悔していなかった。

（でも……）

知ってしまった事実が、重くのし掛かる。秋本はずっと、カオルのものだった。七年半前、秋本はカオルと関係を続けながら自分とつきあっていた。――それは芽依の気持ちを、深く傷つけていた。

（秋本は、そんなにピアノが弾きたかったの……？）

おそらくそうなのだろう。ピアノと引き換えに、だいぶ歳の離れた女と関係するのを条件にされても、彼はそれをのんだ。そこまでして――ピアノが弾きたかった。

「あの子の中では、ピアノが一番なのよ」というカオルの言葉が、芽依の耳によみがえる。自分なりに理解していたつもりなのに、芽依は今さらながらに秋本のピアノに対する執着を思い知らされた気がした。

静かに降る雨の中、往来を行き交う人々を眺めて、無言で佇む。早く帰宅するべきなのに、心が千々に乱れていつまでもそこから動くことができない。

暗く重い空の向こうで低く鳴り響く遠雷を、芽依はじっと聞いていた。

第10章

降り続いた雨は勢いを増し、いつしか強い風を伴って、それから数日嵐が吹き荒れた。電車や飛行機が何本も運休する中、雨に濡《ぬ》れたせいで風邪をひいた芽依は、二日仕事を休んだ。

嵐が過ぎ去るのと同時に芽依の熱も引き、ようやく起きられるようになった頃には、カレンダーの日にちはもう週末になっている。金曜の朝六時に起きた芽依は、パジャマ姿のままカーテンを開けた。

道路には、強い風で飛ばされてきたらしい枯れ葉や折れた枝などが散乱している。しかし空はここ数日の荒れ模様が嘘《うそ》のように、すっきりと晴れ渡っていた。芽依は朝の光に眩《まぶ》しさを感じ、目を細める。

（今日は会社に行かなきゃいけないし、とりあえず何か食べなきゃ……）

ここ二日ほど、水分しか取っていない。買い物に行けなかったために冷蔵庫には何もなく、シリアルに牛乳を掛けたものを手にリビングのラグに座り込んだ。

二口ほど口に運び、芽依はぼんやりと物思いに沈んだ。

（……わたし、どうしたらいいんだろう）

この二日間、熱に浮かされながら考え続け、芽依はすっかり疲弊していた。秋本からは相変わらず連絡がなく、かれこれ八日も彼に会っていない。こんなに会わないのは、再会してから初めてだ。この一カ月はすっかり秋本中心の生活になり、週に二度ほど彼の店に顔を出す他、仕事が休みの週末は当然のように一緒に過ごしていた。

芽依はため息をつき、シリアルのスプーンを置く。頭の奥の鈍い頭痛が、いつまでも治らない。薬を飲まなければと考えながら、痛むこめかみを押さえた。

（なんかもう、疲れてきちゃった……）

――秋本からの連絡を待ち続けるのも、いつか彼が本格的にアメリカに帰ってしまうことを恐れるのも。ピアノのためなら何だってできる、そんな彼について考えるのにも、疲れをおぼえていた。

（秋本は、わたしに「好き」って言いながら……土岐さんともつきあってた）

ピアノを弾くためなら彼は何でもするのだと、カオルは言った。秋本をそこまで駆り立てるピアノというものに、芽依は勝てる気がしない。むしろひたむきだからこそ、彼の出す音色は人を惹きつけるのかもしれなかった。芽依自身そんな秋本のピアノに魅了されていたのが、今となっては皮肉に思えてくる。

カオルに対して言い返した芽依だったが、時間が経つにつれ、彼女の言葉は遅効性の毒のようにじわじわと効いてきていた。

カオルの言うとおり、芽依は秋本にチャンスを与えてやることも、サポートすることもできない。そんな事実が、芽依から自信を奪いつつあった。

かつて秋本は芽依ではなくカオルが与えたチャンスのほうを取り、結果ピアニストとしての道が拓けた。だからきっと、彼の選択は正しかったのだ。そもそも今も、秋本と芽依は生活パターンが嚙み合っていない。彼の生活ベースは本来ニューヨークで、いずれ帰ってしまうのは目に見えている。そう考えると、これ以上秋本のそばにいるのは無理なのかもしれなかった。

ただ、秋本との別れを具体的に考えるたび、芽依の中には痛みがこみ上げていた。再会した当初は困惑したものの、改めて恋人の関係になって以降、秋本と過ごした時間は充実していた。彼の奏でるピアノを聴き、弾く姿を眺め、あの手に触れられるたびに芽依はうれしかった。「好きだ」と言った彼の言葉を、疑ったことは一度もない。

(でも、だからこそ余計に……土岐さんとの関係が許せない)

秋本は、カオルとずっと一緒だった。――芽依とつきあう前も、つきあっていたときも。

そんなふうに考えた途端、芽依の心はドロドロとした気持ちでいっぱいになる。七年半前、彼と初めて抱き合ったときは幸せだった。しかし行為の最中、秋本がひどく落ち着いて見えたのは、おそらくカオルとの関係で慣れていたからだ。そう思うと、幸せだった記憶すら汚されていく気がして、芽依は苦しくなる。

——どうしようもない嫌悪感と、嫉妬。ずっと心を苛《さいな》むそれに、芽依はうんざりとため息をついた。

嫌悪を感じているのは、秋本ではなくカオルに対してだ。ピアノを盾に未成年に身体の関係を迫るのは、モラル的にどうなのか。そしてわざわざそれを誇らしげにこちらに知らせたことに、吐き気がするほどの嫌悪が湧く。

そして秋本に対しては、「裏切られた」という思いが強かった。ピアノを弾くためにカオルと関係を持ったことに対する失望、そして彼女と関係しながら自分とつきあったことへの怒り。

そうした事実が揺るぎなくある以上、もう一緒にいるのは無理かもしれないという考えが繰り返し芽依の中をよぎっていた。たとえ一緒にいても、きっと芽依は彼らの関係を「過去」として割り切れない。秋本の顔を見るたびに、カオルのことを思い出してしまう。

（……どうしてあのとき、出会っちゃったんだろう）

——あの日、夏川と別れた「ｂａｒ　Ｌａｒｇｏ」で。

秋本と再会しなければ、七年半前の件はきっとそのまま終わっていた。もし会うことが必然だったのだとしても、深入りせずにすぐ帰ればよかった。抱き合ってあのぬくもりを知り、また好きになりさえしなければ、今こんな思いはせずに済んだ。

カオルに「秋本のことが好きだ」と言い返したくせに、今の芽依の心は別れるという可能性に傾いていた。しかしすぐに消せない恋心が燻《くすぶ》って、「そんなのは無理だ」という思いで逆に振れる。どっちつかずの優柔不断な自分が、情けなかった。

部屋の窓からは、澄み渡る青い空が見える。芽依は目を閉じて考えた。

――秋本と別れても、自分の何もかもが終わるわけではない。かつてそうだったように、痛みが薄れるときが必ずくる。どんなにひどい失恋をしたって、時間の経過が何とかしてくれるはずだ。そうして他の誰かを好きになって彼を忘れ、秋本のことを「ひどい男だった」と思い出す日がくる――。

そのときふと、スマートフォンのライトが点滅しているのに気づいた。画面を開いてみると、メールがきている。どうやら寝ていて音に気づかなかったらしい。

（あ……）

受信フォルダを開いた芽依は、そこに秋本の名前を見つけ、ドキリとした。時刻は昨夜の夜十時少し前になっていて、短い一文がある。

「明日の午後六時　店に来て」――そう書かれているのを見て、芽依はしばしぼんやりとした。彼は、ニューヨークから帰ってきたのだ。

「…………」

店の営業時間は、午後八時からのはずだ。その前に話したいということなのか――彼は自分に会って、一体何を話すつもりなのか。

　秋本と会うのは、芽依が一方的に怒って帰った先週の木曜以来だった。素っ気ないほど簡潔な文面からは、彼の真意は何もわからない。相変わらずメールが嫌いらしい秋本は、だいたいいつもこんな感じだ。

　一体どんな顔をして会えばいいのだろうと、芽依は考える。秋本はひょっとしたら、あの日のこちらの態度を怒っているかもしれない。もしくはカオルについて、言い訳をしたいと考えているのかもしれない。どちらにせよ、何かを語る意志があるのは確かだ。

（わたしは――）

　芽依の中で、答えはまだ出ていなかった。過去が許せないなら、別れるしかない。でも好きな気持ちを消せないなら、きっと別れを後悔することになるだろう。

　迷った挙句、芽依はあえて返事を送らずスマートフォンを置いた。時刻はもう六時半で、そろそろ身支度を始めなければ会社に遅刻してしまう時間だ。

　芽依はシャワーを浴びるため、バスルームに向かった。ふと鏡に映った自分の顔は、ひどく顔色が悪い。

　秋本にメールの返事をしなかったのは、どういう口調で返していいかわからなかったからだ。とりあえず指定された時間に店に行くつもりでいるが、彼に会う夕方までの時間が、短くも長くも感じた。

秋本を責めたいのか、詰《なじ》りたいのか。それともやり直したいのかが、わからない。

自分の取るべき態度を決めあぐね、芽依は湯気の立ち込めるバスルームの中、やるせなく目を閉じた。

＊　＊　＊

国際線の到着ロビーを、エスカレーターに向かって歩く。秋本は疲れをおぼえながらため息をついた。

（あー、やっと着いた……）

時刻は昼の十二時半で、空港内はさほど混んでいない。三階にある国内線のチェックインカウンターを目指しつつ、秋本はスマートフォンを取り出して電源を入れた。

（……返事、きてないな）

――約十四時間前、ニューヨーク発の飛行機が離陸する直前、秋本は芽依にメールを送った。今日の午後六時に「ｂａｒ　Ｌａｒｇｏ」まで来てほしい旨を書いたものの、彼女からの返信はない。そのことに秋本は、少し不安をおぼえる。

ニューヨークでの用事を済ませたのは、二日前のことだった。すぐにでも日本に戻るつもりでいたが、天候不良による飛行機の欠航で足止めを食った。芽依とは彼女が店でカオルと鉢合わせして以来、もう八日も会っていない。

（……やっぱ怒ってるのかな）

最後に会った日の芽依の表情を思い出すと、秋本の胸は疼《うず》く。今すぐにでも会って話したい気持ちがあったが、今日は平日で彼女は仕事だ。秋本も地元に戻るのにあと数時間かかるため、彼女が仕事を終える夕方まで待つしかない。

（俺は、芽依を……繋《つな》ぎ留めておくことができるんだろうか）

――もし彼女が自分に失望していて、だからメールの返事を寄越さないのだとしたら。

そんな想像をし、秋本はかすかに顔を歪《ゆが》める。

再会して一カ月、改めて恋人になってくれた芽依への愛情は、日々増す一方だ。しかし過去の自分の行動が尾を引き、今こうして追い詰められている。

（でも……俺にできることは、芽依に隠さずに話すことしかない）

結果、彼女がどんな答えを出そうと、秋本はそれを尊重するつもりでいた。好きな気持ちばかりを押しつけて芽依を苦しめるのは、本意ではない。しかし諦めの悪い恋心が、胸の奥で燻っている。

「――……」

ロビーの大きな窓から見える空は、晴れていい天気だった。ここ数日、こちらはひどい嵐だったというが、今はそんな気配は全くなく明るく春らしい陽気となっている。

そうした外の明るさとは裏腹に、秋本の気持ちは暗い。小さく息をつき、秋本は大股でエスカレーターを降りた。

*　*　*

午後六時の歓楽街は、週末だけあって人が多い。芽依はスタイリッシュなビルの一階、通りに面して目立つ位置にある「ｂａｒ　Ｌａｒｇｏ」のドアの前で立ち尽くしていた。

通りを行き交う人々は、誰もが楽しそうに見える。カラオケのチケットやチラシを配る呼び込みが徐々に増え、喧騒《けんそう》の中、ただ一人浮かない表情の芽依はじっと目の前の重厚なドアを見つめた。

本来午後八時オープンのドアには、まだ「ｃｌｏｓｅｄ」のプレートが掛かっている。おそらく秋本は、もう中にいるのだろう。会わなかった八日が一カ月にも感じられ、ドアの向こうに彼がいることが何だか不思議だった。

朝メールを確認してからずっと考えていたが、はっきりとした結論はまだ出ていない。それでも約束の時間がきてしまった以上は秋本を待たせることができず、芽依は木製のドアを引いた。

普段より暗い店内では、カウンターの一部にだけ電気が点けられている。いつもとは違う雰囲気に、芽依は何となくよそよそしさを感じた。店に入るなり聴こえてきたのは、ピアノの音だ。

（あ……）

秋本がいる。そして――彼がピアノを弾いている。

いつのまにか秋本の音のタッチが聞き分けられるようになっている自分に、芽依は苦い気持ちになった。カウンターを通り過ぎ、角からフロアの奥をそっと覗《のぞ》くと、ピアノの鍵盤を叩《たた》く秋本が見える。その姿を見た芽依の胸が、ぎゅっと強く引き絞られた。

彼がスローなテンポで弾いているのは、「Here's That Rainy Day」だ。失恋と雨をテーマにした歌詞がついているこの曲を、切なくしっとりと弾くアレンジは秋本らしく、芽依は彼を見つめながらしばらくその音に耳を傾けた。

秋本がこうしてピアノを弾く姿が、彼の奏でる音が、芽依は本当に好きだった。弾くときの伏し目がちで端正な佇《たたず》まい、鍵盤を滑る長い指、そこから紡ぎ出される旋律、終わったあと煙草を咥《くわ》えるしぐさ――何もかもが目に焼きついていて、離れることがない。

見つめているうちに重苦しいものが喉元までこみ上げてきて、芽依は唇を噛んだ。顔を見ただけで、どうしようもなく気持ちが揺れるのを感じていた。

（わたし、秋本とこのまま……別れられるの？）

今自分から手を離して、「二度と会わない」と決めることができるのだろうか。そうして彼を、完全に忘れられるのだろうか。

(——本当に?)

秋本の姿を見て音を聴くだけで、こんなにも心を揺さぶられている。好きで離れたくないと強く感じるのに、一方で「許せない」と頑なに思う自分もいた。

アドリブパートを入れずに短く曲を弾き終えた秋本が、ふと視線を上げる。芽依の姿を見つけた彼は、驚いたようにつぶやいた。

「……芽依」

——視線が絡まり合う。二人とも、すぐに言葉が出てこなかった。見つめ合ったのはほんの一瞬なのに、そのあいだにさまざまな気持ちが駆け巡る。やがて秋本が口を開きかけたところで、突然芽依の背後のドアが開いた。

「あら、あなたもいたの?」

現れたのは、土岐カオルだった。思いがけない人物の登場に、芽依の表情がこわばる。先日強い敵意をぶつけられたときの気持ちがよみがえり、思わず身がすくんだ。

一瞬鼻白んだ顔をしたカオルはそれきり芽衣を無視し、店内に進んだ。そして彼女はフロアの奥に秋本の姿を見つけ、笑顔になる。

「まったく、今までどこに雲隠れしていたの? 何度電話しても出ないし……でもいいわ。あなたから私を呼んだってことは、きっといい返事なのよね?」

秋本はカオルの姿を見て椅子から立ち上がり、ピアノから離れてカウンターのほうにやってきた。戸惑う芽依のそばまで来た彼が肩口に触れ、通り過ぎ際にささやく。

「――ごめん。先にあっちを片づけるから、少し待ってて」

片づける、という言葉が不思議で、芽依は思わず顔を上げる。芽依のそばを離れた秋本が、カオルに近づいて言った。

「カオルさん、呼び出しておいて悪いけど、あんたの持ってきた話には乗れない。――今日ははっきりそう言いたくて、ここに呼んだんだ」

＊　＊　＊

淡々とした秋本の言葉を聞いたカオルが、みるみるうちに不穏な表情になる。彼女は低い声で言った。

「……呆《あき》れたわ、計。私の持ってきた話は、あなたに悪い条件ではないって何度も言ったはずよ。一体何が不満なの？　話し合いには私が同席するし、決して不利な流れには」

「――今週、アメリカのレーベルと契約してきた。だからカオルさんの話には乗ることができないんだ。これから商業的な話は、向こうの会社に全部任せる」

秋本の話を聞いたカオルが、驚いたように口をつぐんだ。同時に芽依もびっくりした顔で、こちらを見ている。

秋本がニューヨークに戻った理由は、長く棚上げしていたレーベルとの契約を進めるためだった。そのとき再び店のドアがけたたましく開き、ガッチリとした体格の中年の男が慌てた様子で入ってくる。

振り返ったカオルは、その男の顔を見るなり嫌そうに顔をしかめた。

「……謙三」

「姉さん、やっと会えたな。何度連絡しても俺からのは全部無視するって、一体どういうことなんだ」

顎《あご》に髭《ひげ》を生やした大柄な男はカオルを見つめ、呆れたように言う。彼はこの「ｂａｒ　Ｌａｒｇｏ」のオーナー、土岐謙三だ。カオルを物言いたげに見た謙三は、とりあえず彼女のことは後回しにしたらしい。彼は秋本のそばまで歩み寄ってくると、笑顔になった。

「計、遅れてごめん。夕方で道が混んでいて――メール見たよ。アメリカのレーベルだって？　やったな！」

「謙三さん……いきなり呼び出したりして、すみません」

「いいんだよ。実は高田からも連絡を受けていてね。姉がずいぶん俺の店でやりたい放題だと聞いていたから、一度は会わなきゃいけないと思っていたんだ」

言いながらチラリとカオルを睨《にら》み、謙三はしみじみと言った。

「あの会社はまだ歴史が浅いが、質の高い仕事をしているレーベルだ。きっといいものができると思うよ。『頭ガチガチのお坊ちゃん』って言われてたお前が、ついにここまで来たんだなあ。昔からお前を知っている人間としては、鼻が高い」

「ありがとうございます」

　秋本は謙三に礼を言うと、改めてカオルに向き直った。

「カオルさん、あんたの持ってきた話には乗れないけど、気にかけてくれたことはありがたく思ってる。……今までだって俺は、さんざん世話になってきた」

　カオルはプライドを傷つけられたのか、機嫌の悪さを隠さずむっつりしている。秋本はそんな彼女を見つめて言った。

「ただ、わかってほしい。俺はもうあんたの庇護《ひご》を必要とする子どもじゃない。いちいち世話を焼かれて、ありとあらゆることに口を突っ込まれるのは――たくさんなんだ」

　カオルがピクリと表情を動かす。

　長いつきあいの彼女には、今の自分の言葉の真意がわかるはずだ。そう考えながら、秋本は胸ポケットから一枚の紙を取り出した。

「でもあんたのおかげで俺はピアノを続けてこれたし、アメリカに行くきっかけもできた。今の俺があるのはカオルさんのおかげだと、心からそう思ってる。……だから今まで俺に使ってくれた金を、これで清算したい」

カウンターに置いたのは、小切手だ。額面は十万ドル――日本円で一千万余りになる。

それを見たカオルは険しい表情になり、低い声で言った。

「……何よ、これ。一体どういうつもり」

「これは俺が、今までカオルさんに受けた援助への対価だ。これを払うから――もう俺の人生に口出ししないでもらいたい。今日ここに謙三さんを呼んだのは、その証人になってほしかったからなんだ」

秋本にとって、これがカオルに対する最後通告のつもりだった。十八歳で渡米して以降、秋本は意識して彼女と距離をおき、会う回数を減らしてきた。それでも完全に断ち切れなかったのは、これまで世話になったという負い目があったからかもしれない。

（……でももう、潮時だ）

何年経ってもカオルの所有物扱いをされ続けるのに、秋本は心からうんざりしていた。

しかし納得していない様子のカオルは、声に怒りをにじませて言った。

「ふざけるんじゃないわよ。一人で一人前になったような顔して、ずいぶん勝手よね。あんたなんか、私がいなかったら……っ」

「わかってるよ。わかってるから、今こうして筋を通そうとしてるだろ」

「筋？　何を言ってるの。お金なんかで、わたしが納得するとでも？　安く見られたもんだわ」

口元を歪めて笑い、カオルは挑発的に秋本を見た。

「ピアノを弾きたくても弾けなかったあなたに、ピアノを与えてやったのは誰？　それだけじゃない、これまで一体、どれだけのものを与えてあげたと思ってるの？」

秋本はカオルの顔を見つめ、押し黙る。そして自分の中の言葉を探しながら、重い口を開いた。

「カオルさんの、そういうところが——俺は息苦しくて仕方なかった。確かに恩はあるし、感謝するべきなのに……あんたが成し得なかった夢まで背負わされてる気がして、たまらなかった」

その言葉はカオルの思いがけないところを突いたのか、彼女が言葉を失う。秋本は彼女を見下ろして言った。

「俺は『俺』で……どうしたって、あんたにはなれない。それなのに、まるで自己投影するみたいにピアノや生活、すべてを思いどおりにしようとされて、ずっと窮屈に感じてた。でも俺だってピアノのためにあんたを利用したんだから、きれい事を言うつもりはないよ。今こうしてカオルさんが怒るのも、もっともだと思う」

「…………」

カオルはしばらく沈黙し、やがて睨むように秋本を見つめた。

その顔には、さまざまな感情が浮かんでいた。ずっと自分の所有物だと思っていた秋本が、反抗したことへの怒り。その秋本が自分との関係を、金で清算しようとしたことに対する怒り。そして「もう肉体関係には応じない」と言外に言われて、プライドが傷ついた怒り——。

そこでそれまで黙っていた謙三が、口を開いた。

「姉さん、計の言うとおりにしてやってくれないか。計には計の人生があって、生き方を選択する自由がある。姉さんが計の才能に惚《ほ》れ込んでいるのはわかるし、よかれと思って口を出してきたのもわかるよ。……でも、計はもう充分大人だ。自分ができなかったことを投影し続けられるのは、いい加減彼には酷だろう」

*　*　*

カオルが険しい表情で押し黙っている。目の前で繰り広げられる会話に、芽依は困惑していた。

秋本に呼び出されて訪れたこの店で、カオルと鉢合わせてしまったときは動揺した。しかもそのあとすぐにオーナーの謙三まで現れ、芽依は自分がこの場にいるのはふさわしくないのではという身の置き所のない気持ちを味わっていた。

カオルの顔を見れば、先日の不快感を嫌でも思い出してしまう。彼女がいるならすぐに帰りたいと考えていたが、そんな芽依の前で秋本は突然カオルへの最後通告を切り出した。

これまでの援助への対価は払う、だからもう自分の人生に踏み込まないでほしい――そう秋本が言った途端、カオルは烈火のごとく怒り出した。きつい口調で秋本を詰《なじ》るその横顔を、芽依は複雑な気持ちで見つめていた。

彼女にしてみれば、秋本が自分の申し出を蹴って別のレーベルと契約したのも、「もうこれ以上関わらないでほしい」と言ってきたのも、どちらも許しがたいことなのだろう。

（もしかして、お金で清算するって言われたのが……一番ショックだったのかな）

カオルはピアノを怪我によって断念し、ピアニストになりたかったという自分の希望を秋本に投影していたのだという。しかしひょっとすると、才能に惚れ込む以上の執着を秋本に抱いていたのではないかという考えが、ふいに芽依の中に浮かんだ。

初めは才能に魅せられていただけだったのが、いつしか彼のすべてを支配したくなり、思いどおりにしたいと思い――そんな度を越した執着に、彼女自身気づいていなかったのかもしれない。

（でも……その感情って）

秋本、そして謙三の言葉を聞いたカオルは、しばらく無言だった。彼女の中には、一体どんな思いが去来したのだろう。息詰まるような沈黙のあと、やがてカオルの顔に苦い笑みが浮かんだ。

「──そう。あなたはもう、私を必要としてないのね」

「………」

「あれだけいろいろしてあげたのに……私が見出してあげたのに、もう、何も」

カオルの声にどこか傷ついた響きを感じ、芽依は目を伏せた。

(ああ、……やっぱり)

本当はカオルが、大嫌いなはずだった。長いあいだ秋本を縛りつけ、支配してきた彼女を許せないと思う気持ちに、今も変わりはない。

だがひょっとすると、カオルはカオルなりに秋本のことを大切にしていたのかもしれない。捨てられて傷つくほどの執着を、彼に抱いていたのかもしれない──そんなふうに考え、芽依はかすかに顔を歪めた。

(土岐さんは……本当に秋本のことが、好きだった……？)

ただの勘にすぎず、その真意を確かめるすべはない。だがそれこそが真実のような気がした。

秋本はカオルの言葉には答えず、ただじっと彼女を見下ろしている。カオルは何ともいえない顔でその表情を見つめると、ふと笑った。

「ふふ。金もない、ピアノもない頃に比べたら、あなたもずいぶん偉くなったものよね」

「………」

「アメリカのレーベルねえ。向こうのプレイヤーの層はこちらとは比べ物にならないくらいに厚いのに、そう上手くいくものかしら。日本で出したほうが、あなたは売れやすいと思うけど」

カオルは負け惜しみのようにそう言って、どこかふっ切れたように笑った。

「まあ、せいぜい頑張るといいわ。今までご苦労さま。――これはもらっていくわよ」

長い指でカウンターの上の小切手をさらうと、彼女は踵《きびす》を返す。そのまま颯爽《さっそう》と店を出ていこうとしたところで、謙三が慌てて呼び止めた。

「待て、姉さん。俺のほうの話は何も終わってない」

「なあに、もう。私は忙しいのよ」

謙三がカオルに対してガミガミと小言を言い始め、彼女はうんざりした顔で横を向く。

秋本が少し息をつき、芽依に視線を向けてきた。

芽依は黙って彼に視線を返す。しばらくそれを見つめた秋本が、低く言った。

「……話がしたい。いい？」

頷いた途端、秋本はすぐに芽依の手をつかんで歩き出した。彼はカオルにまだ小言を言い続けていた謙三に、声をかける。

「謙三さん。悪いけど、俺は日曜からここの仕事に戻るって高田さんに伝えてもらっていいですか」

「ああ、いいよ。向こうから帰ってきたばかりだもんな。近いうちにゆっくり話そう」

言いながら謙三は芽依を見つめ、どこか申し訳なさそうに微笑みかけてくる。芽依は彼に頭を下げ、秋本に腕を引かれるまま店を出た。

朝からよく晴れていた今日は、午後七時近くになっても空が明るい。芽依の手をつかんだ秋本が、ビルの前に停まっていたタクシーに乗り込んだ。彼が自宅の住所を告げ、すぐに車が動き出す。

車内では、二人とも無言だった。秋本は繋いだままの手を離そうとせず、芽依は居心地の悪さにうつむく。

――秋本の手が、熱い。冷えた芽依の手に、じんわりとその体温が沁みた。

（わたしは……秋本と、どうしたらいいんだろう）

秋本の手を見つめ、芽依は自分の気持ちを探る。彼は芽依の目の前で、カオルと決別してみせた。しかしだからといって、過去がきれいに消えるわけではない。

秋本の体温に心が乱れて、考えがまとまらない。せめてこの手を離してくれたらいいのに――そう思いながら、自分から振りほどけない弱さを、芽依は苦く噛みしめた。

車窓から見える外は、日が落ちて徐々に薄暗くなりつつあった。芽依は隣の秋本を強く意識しながら、ただ黙ってそれを見つめ続けていた。

＊　　＊　　＊

　誰もいない自宅は、しんとして静まり返っていた。玄関で靴を脱ぎ、奥に向かう秋本のあとを、「お邪魔します」とつぶやいた芽依がついてくる。先にリビングに入った秋本は電気を点け、鍵とスマートフォンをキッチンのカウンターに置いた。

「……ずっと連絡できなくてごめん」

　言いながら秋本は、リビングの真ん中にあるピアノの椅子に浅く腰掛ける。そしてリビングの入り口で立ち止まったままの芽依を見た。

「もっと早く帰るつもりが、いろいろ立て込んでて長引いたんだ。しかも帰りの飛行機が、悪天候で二日飛ばなくて」

「CD出すの？　……アメリカで」

　小さく問いかけてきた芽依に、秋本は頷《うなず》いて答えた。

「前からきてた話だったんだ。俺の演奏を気に入ってくれた、新興のレーベルがあって……。詳しい話を詰めようとしたとき、ちょうどうちの親が亡くなったっていう連絡がきた」

　秋本は芽依に説明した。――両親が亡くなって急遽《きゅうきょ》帰国することになり、契約の話を途中で棚上げした。しかしその後、葬儀や事後処理でしばらく日本にいることになったものの、レーベルとの間に入ってくれていた弁護士の友人から「いい加減、先方は待てないと言っている」という連絡が何度もきていた。

こちらではカオルが店にやって来て面倒なことになり、契約の話を早急に進めたほうがいいと判断して、ニューヨークに戻った。――それが今回の渡米の経緯だった。

秋本の話を聞いた芽依が、浮かない表情になる。結果的に一週間も向こうに行く羽目になり、彼女には心配をかけたのかもしれない。そう思い、秋本は口を開きかけた。

「芽依、俺は――」

「秋本、わたし、全部聞いたんだ。……あの人に」

芽依のポツリとしたつぶやきに、秋本は虚を衝かれ、言いかけた言葉をのみ込む。しばらく沈黙したあと、目を伏せて苦く笑った。

「…………そっか」

秋本はため息をつき、シャツの胸ポケットから煙草を取り出す。終始固かった芽依の態度に納得しながら、一本咥えた。

「まあ、そうなるんだろうなとは思ってた。彼女が……店に来たときから」

「話を聞く前から、何となくわかってたよ。あの人と秋本を見てたら――雰囲気的に」

秋本は煙草に火を点け、紫煙を吐き出す。芽依の言葉は、最後に店で会ったときの彼女の態度に繋がった。とっくに気づいていたからこそ、彼女はカオルに対して不快感をあらわにし、帰ってしまったのだ。そう考え、秋本は手の中のライターを見つめた。

（だから芽衣は、このあいだ……怒ってたんだよな）

苦く笑い、秋本は小さく息をつく。そして意を決し、口を開いた。

「あの人が、何を言ったか知らないけど……その内容はたぶん嘘じゃないよ。俺は十七の頃から、彼女と寝てた」

秋本の言葉を聞き、芽依が顔をこわばらせる。もう何も隠す気がない秋本は、椅子から立ち上がった。灰皿を手に窓辺まで行くと、カーテンの隙間《すきま》から暗い外を眺めて口を開く。

「俺はあの頃……親にピアノを取り上げられて、毎日無気力でどうしようもなかった。小さい頃からピアノだけが俺を夢中にさせる娯楽で、それを弾けないのは、俺にとってこの上なく苦痛だった。……生きてる意味がないって思えるくらい」

「…………」

「ピアノさえ弾かせてくれるなら――何だってよかったんだ」

秋本は自嘲を込めてつぶやく。

「俺はきっと、どこかおかしいんだろうな。カオルさんが『自分と寝るなら、店で弾かせてやってもいい』って言ったとき、何とも思わなかった。そんなことでいいのかって考えたし、別にあの人が何歳だろうと構わなかったんだ。あの人だけじゃない、他にもいろんな女と寝たけど……心なんか、全く動かなかった」

――いつかアメリカに行って、本場のジャズに触れてみたい。そう思っていた秋本はカオルと関係ができて以来箍《たが》が外れたように、リクエストをくれたり、チップをくれる女とは誰とでも寝た。来る者拒まずだったのは、いち早く渡米するための金を貯めたかったからだ。

　そう言って、秋本は窓辺から入り口に佇んだままの芽依をチラリと振り向いた。

「芽依と親しくなったのは、そんな暮らしをしてた頃だ。俺は人に対して興味を持つことがほぼなかったけど、芽依は学校に行ったとき……何となく目についてた。成績が良くて友達も多くて、いつも笑ってるように見えるのに、ふとした表情で、ああ、俺と同じで何かに倦んでるんだなってわかった。……きっと毎日が窮屈で仕方ないんだと思ったら、あの資料室に誘ってた」

　誘ってはみたものの、秋本はそれでも芽依は来ないだろうと思っていた。ところが翌日からやってきた芽依は、特に秋本と会話することなく資料室で好きに過ごすようになった。

　その距離感に、秋本はひどくホッとした。

「芽依は、最初こそこっちに興味を持って話しかけたそうにしてたけど……俺の邪魔をしなかったし、ふと見たら横で本を読んでたり、黙って宿題をやってたり――不思議と気配が気にならなかった。それから徐々に会話をするようになって……いつのまにか、心惹かれてた」

秋本の言葉が意外だったのか、芽依が驚いた顔をする。あの頃の秋本は感情を表に出すのが得意ではなく、そうした気持ちの移り変わりは芽依にはわかりづらいものだったかもしれない。

「たぶん好きになったのは……俺のほうが先だ」

秋本はそう言って、窓から遠くを見つめた。

「でもそんな『普通の恋愛』みたいなのは、自分には無縁だと思ってた。俺はピアノや金のためなら誰とでも寝るような奴だったし、芽依を好きだって気持ちを自覚しても、別につきあいたいとか、そんなことは全く思ってなかったんだ。でも……いきなり芽依のほうからキスしてきて、戸惑って――だいぶ心乱された」

あのときの秋本は、芽依に手を出していいか迷っていた。自分のような人間は、彼女にふさわしくない。そう思うのに、惹かれていく気持ちを止められなかった。

「芽依が初めて俺のピアノを聴いたときのこと――覚えてる？」

秋本の突然問いかけに、芽依が頷く。秋本は少し笑って言った。

「すっごい目をキラキラさせて……心から俺のピアノを絶賛してるのが伝わってきた。その表情で俺は自分の演奏に自信が持てたし、あんなふうに俺を好きでたまらないって目でずっと見られてたら……もう気持ちを抑えることができなかった」

「……っ……」

芽依がじわりと顔を赤らめる。

彼女には自覚がないかもしれないが、当時の芽依の態度からは秋本を好きな気持ちがダダ漏れだった。真っすぐに、ひたむきに自分を想ってくれているのが伝わってきて、そんな芽依をいつしか秋本は強く「欲しい」と思うようになっていた。

「あのときスタジオで、駄目と知りながら——自分には触れる資格がないって思いながら、芽依を抱いたんだ」

秋本は目を伏せて、初めて抱き合ったときのことを思い出す。

「大事に、宝物みたいに抱いた。……あのときの俺はもう留学するのが決まっていたのに、どうしても我慢できなかった」

秋本は苦い気持ちで笑い、芽依を見た。

「——卑怯《ひきょう》なのは俺だ。置いていくのを承知の上で、どうしても芽依が欲しくて、手を出さずにはいられなかったんだ。それでも、ヤり捨てるつもりなんかなかったし、『俺が戻るまで待っててほしい』って言うつもりだった。自分にそんな資格がないってわかってても……いつか実力をつけてこっちに帰ってくるまで、芽依に待っていてほしかった。傲慢だよな」

いつ帰ってくるかの保障は全くないのに、芽依にそう言おうとした自分を、秋本は嗤う。

「だから、それから芽依と連絡が取れなくなったとき……罰《ばち》が当たったと思ったんだ」

「……罰？」

芽依が小さく問い返してきて、秋本は頷く。

「俺はあのとき、渡米までにできるだけ金を稼ぐつもりでいて、学校に行く暇がなかった。何度か電話したけど、芽依が出なかったから……俺はひょっとして嫌われたのかなって思った」

そもそも後ろ暗いところのある秋本は、それ以上深追いすることができなかった。

秋本の話を聞いていた芽依がこちらを見つめ、ポツリと言った。

「じゃあ……土岐さんが言ったのは、全部事実なんだよね？」

「……うん」

「秋本は、あの人と寝てたのに――あの頃わたしとも、同時進行でつきあってたんだ」

＊　　＊　　＊

芽依の言葉を聞いた秋本が、押し黙る。芽依が目をそらさずにじっと見つめていると、やがて彼は静かに答えた。

「……うん。そうだな」

芽依の心に、ズキリと痛みが走る。とっくに知っていたことなのに、改めて秋本に肯定されると、やはりつらかった。

(秋本は、最初から——騙《だま》してたんだ。他の人とも寝てて、……アメリカに行くときは置いていくつもりで)

裏切られた惨めさと怒りが喉元までこみ上げ、芽依はぐっと唇を噛む。そうしなければ、勢いのまま秋本を罵ってしまいそうだった。

「…………芽依、俺は」

秋本が何かを言いかける。しかしこちらを見た瞬間、彼は芽依の表情から何かを感じ取ったのか、言葉をのみ込んだ。

息詰まるような沈黙の最中、胸に渦巻く罵詈雑言《ばりぞうごん》をぐっと抑え込んだ芽依は、やがてポツリと言った。

「——会いたくなかったよ」

芽依は秋本を見つめる。ずるくて憎いはずの男なのに、こんなときでも顔を見れば、惹《ひ》きつけられてやまない。それがひどく、悔しかった。

「こんなこと知るくらいなら、いっそ秋本に会わなきゃよかった。七年半前で終わらせてくれればよかったのに、どうして再会した日、わたしのこと——追いかけてきたりしたの」

話す語尾が、かすかに震えた。芽依は泣くまいと思い、ぐっと息を詰めてこらえる。

自分の信じていた秋本が、七年半前の分も含めて、全部汚れてしまったような気がした。

今も好きでたまらないのに、嫉妬の感情が渦巻いて許せない。心がさまざまな感情に塗り潰され、どうしていいかわからなかった。

秋本が窓辺から離れ、芽依のそばまでやって来る。そして彼は、躊躇《ためら》いがちに髪に触れて言った。

「………ごめん」

「…………」

「傷つけてごめん。いつかこんなことになるって……俺はたぶん、わかってたのに」

秋本の手が、そっと芽依の頭を引き寄せて自分の胸に押しつける。答えない芽依に、彼が言った。

「わかってても、追いかけずにはいられなかった。七年半前も、今も……我慢できなかった。ずるいのは俺なんだから、芽依が怒って当然なんだ」

秋本はどこか寂しそうな声でそう言うと、芽依の髪を撫《な》でる。その優しいしぐさに、ますます胸が締めつけられた。秋本の胸の中で彼の匂いを吸い込み、芽依はささやいた。

「わたし……もう、無理かも」

「……うん」

「秋本が他の誰かと寝てたのを、わたし、きっとずっと忘れられない。そこまでして秋本が続けたかったピアノに……勝てる気がしない」

「………」

「あの人が言ってた。秋本のそばには、その価値がわかる人間がいるのが一番だって。わたしみたいな凡人は……いつかそばにいるのが、つらくなるだろうって」

「そんなことない。――俺の、価値なんて」

秋本がそう言って芽依の肩をつかみ、身体を離す。彼は切実な目で言った。

「俺はピアノ以外に何の取り得もない、欠陥人間だ。当たり前に学校に通うこともできなかったし、親しい人間も作れなかった。何も興味を持てないし、はっきり言って他人のことなんか、今でもどうでもいい。でもそんな俺に、人間らしい感情を教えてくれたのが芽依なんだ。俺の気持ちを揺らすのは……ピアノか、芽依だけだった」

「………」

「でも――芽依がどうしても無理だって言うなら、俺はもう会わない。これだけ傷つけたのに、そばにいてほしいなんて……そんな図々しいことは言えないから」

秋本の言葉を聞き、芽依の目が涙で潤む。

どうしようもなく、心が揺れていた。秋本はまだ、自分を好きでいてくれている。そう思うと、離れがたい気持ちがこみ上げて仕方がなかった。

(でも……秋本の過去を、すぐ忘れることはできない)

そんな考えが浮かび、芽依の心は引き裂かれそうな痛みをおぼえた。芽依は秋本の胸を押し、彼と距離を取る。距離にしたらほんの数十センチだが、それでも離れたぬくもりに胸が締めつけられた。

「じゃあもう、お別れ……だよね」

そっとささやくと、秋本はしばらく沈黙して答えた。

「………………そうだな」

芽依はうつむき、今まで秋本に触れていた手を握りしめる。本当に「終わり」なのだという事実が、ストンと心に落ちた。

もうこれで、秋本に会うことはない。彼がピアノを弾く姿を見ることも、その指が奏でる音を聴くこともない。彼と別れたあとも自分は普通に会社員を続け、一方の秋本はアメリカで輝かしい活躍をするだろう。今はつらくても、いずれ自分はきっと他の相手とつきあう。そしていつかは結婚して、秋本も――。

（……嫌）

秋本が自分以外の他の誰かとつきあう――そんなのは嫌だと、芽依は唐突に思った。

秋本は、自分だけを見てくれないと嫌だ。触れるのも「好きだ」とささやくのも、他の人間にするのは許せない。本当は四六時中一緒にいたいし、彼の時間、眼差し、すべてを独占したいくらいなのに、これで本当に終わりにしていいのだろうか。

そう考える芽依の目の前で、小さく息をついた秋本が言った。

「……今、タクシー呼ぶよ。金は払うから、家まで乗って――」

「秋本は……それでいいの？」

スマートフォンに手を伸ばす秋本に、芽依はポツリと問いかける。

こちらから「終わりだ」と言ったくせに、今さら試すようなことを問いかける自分の女々しさを、心底嫌だと思った。それでも芽依は、聞かずにはいられない。

「秋本はわたしと別れても、それで――」

「……………いいわけないだろ」

スマートフォンをつかもうとした手を握り込み、秋本が押し殺した声で答えた。

「でも俺が別れたくなくても、そんなことを言う資格がないのはわかってる。一緒にいて、これ以上つらい思いをさせるくらいなら――」

言いかけた秋本に、芽依は突然手を伸ばす。彼の両腕をつかみ、その身体をドンと強くカウンターに押しつけた。目を丸くする彼に、芽依は高ぶる気持ちのまま大きな声で言った。

「ちゃんと本音で話して！」

「…………」

「わたしと別れたくないなら、もっと本音を見せて。物分かりのいいふりをされるの、逆にすっごく傷つく。またわたしに――昔みたいな思いをさせる気なの⁉」

秋本は目を瞠《みは》ったまま、何も言わない。芽依はぎゅっと顔を歪め、小さな声で言った。

「――好き」

「…………」

「わたし、秋本が好き。七年半前から……今も。誰よりも」

口にした途端、涙がこみ上げた。

こんな別れ際になってようやく口にした言葉は、芽依にとってはごまかしようのない本心だった。秋本を許せない気持ちが確かにあるのに、いざ別れるとなると、どうしようもなく恋しく思う。離れたらもう息もできないと思うくらい、それは強い感情だった。

秋本が驚いた表情で息を詰め、やがて躊躇いがちに芽依の身体に触れた。

「――芽依」

肩に触れた手から、彼の戸惑いが伝わってきた。秋本は言葉を探すように言いよどんだ。

「芽依――俺は……」

「秋本が思うより、わたし、独占欲が強いの。秋本がわたしのいないところで生きていくなんて想像するだけで嫌だし、いつか他の誰かとつきあって、わたしじゃない人に『好き』って言うのも絶対に嫌」

「…………」

「秋本の過去の振る舞いは、許せない。許せないけど――離れるほうがつらい。会えなくなるのを考えると、どうしていいかわからなくなるくらい」

そう言って秋本を見上げると、彼は痛々しいものを見るように視線を返してきた。間近でその顔を見つめるだけで、どうしようもないいとおしさを感じ、芽依は悔しさに似た気持ちを味わう。

「だから決めたの。……わたし、秋本の全部を受け入れるって」

「えっ」

「秋本が顔ばっかり良くて無駄にフェロモン過多なところも、相変わらず根っこがコミュ障で、人の気持ちに思いっきり鈍いところも。過去に貞操観念がユルユルだったところも――ピアノにしか興味がないのも含めて、全部許してあげる」

秋本は驚きの表情で芽依を見つめている。芽依は一旦言葉を切り、深呼吸して言った。

「だから秋本は、これからわたししか見ないって約束して。わたしに全部――独占させて」

「……こんな俺でも？」

秋本は困惑した様子で言葉を発し、芽依の肩に触れる手に力を込めた。

「俺はずるくて、卑怯な人間だ。今は許しても、芽依はいつかそれに……我慢できなくなるかもしれない。過去はどうしたって、変えられないから」

「秋本がいいの」

いとしさと嫉妬、痛み、狂おしいほどの執着――嵐のような感情の奔流を感じながら、芽依は言った。

「ずるくても、卑怯でも——それでも、そんな秋本が欲しい。わたし、秋本と再会してからは離れるときのことばかり考えて、あえて気持ちを全部預けないようにしてた。そうすれば、たとえ別れたとしても傷つかないって……そう考えてたから」

「………………」

「でもそれって、すごく卑怯だったと思う。本当はそんな態度が秋本を不安にさせてるのがわかっていたのに、わざと気づかないふりをしてたんだもの」

芽依は秋本を見つめ、「……だから」と言葉を続けた。

「だから、これでおあいこにしない？　わたしは自分のずるかった部分を反省して、これからはちゃんと気持ちを返すように努力する。そうして秋本と、新しく関係を築いていきたいって思ってる」

芽依の言葉を、秋本はじっと押し黙って聞いていた。やがて彼はポツリと言った。

「……こんな俺でいいなら、全部芽依のものだよ」

ため息のような声でささやき、秋本は芽依の身体を強く抱きしめる。

「俺が他の誰かを好きになるなんて——ありえない。昔も今も、こんなにも欲しいと思うのは、芽依しかいないのに」

「でもピアノには負けるよね？」

　芽依が小さな声で言うと、秋本が一瞬動きを止める。何気ない冗談のつもりで言ったのにまさか本気に取られたのかと思い、芽依は慌てて言葉を付け足した。

「あの、今のは冗談だよ？　秋本にとってピアノが大事だってわかってるし、わたしは別に――」

　しかし次の瞬間、よりきつく抱きしめられて、芽依は目を瞠《みは》った。思わず息を詰《つ》まらせると、耳元で秋本がささやいた。

「――ピアノよりも、だ」

「…………」

　ひそめた声に、強い熱情を感じた。それを聞いた芽依の胸の奥が、ぎゅっと強く引き絞られる。秋本がそう言ってくれたことが、信じられなかった。

「……ほんとに？」

「うん」

　ピアノは秋本の中で、何ものにも代えがたいもののはずだ。「それよりも大事だ」というのは、きっと彼にとって最上級の愛の告白に違いない。

（……信じたい）

　秋本の言葉を、その愛情を。

　傷つけられた気持ちは、まだ生々しく痛みを訴えている。怒りも、裏切られたという思

いも、依然としてあった。しかしそれよりも強く、芽依は全部を受け入れた上で前を向きたいと思った。

「…………。信じるよ」

秋本の背に腕を回し、彼を抱きしめながら、芽依は小さく答えた。

「秋本が、嘘をつけない人だってわかってる。だからそれくらいわたしのことを大事に思ってくれてるんだって……信じる」

秋本が芽依の身体を離し、何ともいえない表情で見つめてくる。彼は複雑な面持ちでボソリと言った。

「……芽依がこんなふうに、はっきりものを言うとは思わなかった。いつも笑ってて、ふんわりした女の子らしい印象ばかりあったから」

「ほんと?」

芽依は秋本の指摘に、ばつの悪さをおぼえる。——かつて秋本が黙って姿を消したとき、芽依はすっかり自信を喪失した。ある程度ふっ切れてからは自分磨きに精を出し、美容やファッション、好感を持たれる笑顔やしぐさまで、とことん勉強した。そのため、芽依は普段から人と接するときは常に笑顔でいる癖が沁みついていて、自分の意思を強く主張することは滅多にない。

(……そういえば章吾さんも、わたしが怒ったのを見てびっくりしてたっけ)

芽依は少し心配になり、小さな声で問いかけた。

「秋本は……そういうはっきりしたわたしは嫌い？」

「嫌いじゃないよ。むしろこんな状況で前向きに考えられて、すごいと思う。俺は駄目な人間で、どちらかというとネガティブな部分が多いから……芽依みたいに潔くてしっかりした人を尊敬する」

秋本の言葉に胸を撫で下ろしつつ、芽依はずっと気になっていたことを問いかけた。

「アメリカの話……よかったね。こっちに戻ってきて大丈夫だったの？」

「うん。具体的な話は追い追い詰めていくし、とりあえずは俺が、こっちに戻って来たかったから」

「でもいずれは、あっちに帰るんだよね？」

秋本のシャツの裾をつかみ、芽依はなるべく平静を装って問いかける。彼は元々ニューヨークの生活が基本で、仕事の話もある。ならば向こうに戻るのが当然だろう。

そう考える芽依を見下ろし、秋本が言った。

「……芽依が不安に思ってたのは、それ？」

突然指摘され、芽依の頬がじわりと赤くなる。ひょっとして秋本は、自分がずっとその件を気にしていたのに気づいていたのだろうか。

彼は芽依の推測を裏付けるように言った。

「俺の携帯が鳴るたび、いつも微妙な顔するなって思ってた。向こうのことも全然聞いてこないし、だから俺も何となく話しづらくて、今回詳しい話は言わずに戻ったんだけど」

「……黙って行っちゃうから、すっごく不安になった。連絡を待っててもいつまでもこなくて、だから気になってお店に行ってみたら、マスターに突然『秋本はアメリカに帰った』って聞いて」

「ごめん。俺はたぶん……すごく言葉や配慮が足らないんだろうな。今に始まったことじゃないけど」

二人の間に、少しぎこちない沈黙が満ちる。やがて秋本は、ふと気づいたように芽依の顔を見つめた。

「――何か痩せた。ちゃんと食べてた？」

「あ、わたし、ここ二、三日寝込んでて……あんまり食べてないかも」

「寝込んだ？」

秋本が顔色を変え、芽依の額に触れる。

「熱は？　ごめん、全然知らなくて。俺が急に呼び出したから――」

「あ、ううん。今朝やっと下がったから……もう大丈夫」

大きな手で額や首に触れられ、芽依は面映ゆい思いで微笑む。その手のひらの温かさや、気遣いがうれしかった。秋本は芽依の言葉を聞き、ホッとした表情で言った。

「何も食ってないなら、飯食おうか。外に出る？　それともデリバリーで……」

「──秋本がいい」

秋本が驚いたように口をつぐむ。芽依はその顔を見つめて、もう一度言った。

「秋本がいい。秋本に今すぐ──触《さわ》りたいの」


勝手知ったる家を二階に上がり、寝室に入る。薄暗い部屋の中、芽依は言葉もなく秋本の身体を壁に押しつけ、伸び上がって彼にキスをした。

口腔《こうこう》に舌で押し入ると、秋本が躊躇いがちに応えてくる。そんな鈍い反応を物足りなく思い、芽依は唇を離してささやいた。

「秋本は……したくない？」

「……そんなことないけど」

「じゃあして」

芽依はそう言って、再び秋本に口づける。舌先を舐《な》めると、彼は芽依の後頭部をつかみ、覆い被さるように深く口づけてきた。

「ん……っ」

少し強引にも思える動きで舌を絡められ、喉奥まで探られる。いつになく乱暴な秋本のキスは、芽依の理性をじわりと溶かした。触れ合うのがひどく久しぶりで、いつまでもキスが終わらない。

ようやく唇を離し、息を乱した芽依の顔を見つめて、彼が言った。

「……芽依に触りたくないわけじゃない。ただ、ちょっと……触れるのを躊躇って」

「どうして？」

芽依が驚いて問いかけると、秋本は目を伏せて言った。

「……罪悪感で」

その言葉に、芽依の心も痛みをおぼえる。

傷つけられた心の傷は、まだ生々しい。いくら「全部を受け入れる」と前向きな発言をしても、それればかりはどうしようもなかった。

秋本が芽依の頭に、そっと自分の額を押しつけて言った。

「ごめん。傷つけたくなかったのに……誰よりも大事にしたいって思ってたのに、結局は無理だった。――俺の自業自得だけど」

「秋本は……土岐さん以外の人とも、つきあってたの？」

思わずそんな疑問が口を突いて出て、芽依はすぐに後悔した。

こんな質問は、傷口に塩を塗るようなものだ。どうしたって過去は変えられないのなら、知らないほうがいいこともある。

「ごめん……あの、やっぱりいい」

「知りたいなら、全部話すよ。俺は芽依に嘘をつく気はないし」

「いいの。だって、秋本の気持ちを動かすのは……わたしだけ、なんだよね？」

問いかけてから、芽依は小さく付け足す。

「わたしと……ピアノだけ、なんだよね？」

「芽依だけだよ。ピアノにはこんなふうに……やきもきしたり、触れるのを躊躇ったり、どうしようもなく抱きたいなんて思わない」

「抱きたい」という言葉に、芽依は顔を赤らめる。芽依の腰を抱いたまま、秋本は言葉を続けた。

「四六時中、触れていたい。閉じ込めて誰にも会わせたくないくらい……こんなこと考えるの、芽依にだけだ」

情熱的なささやきに、芽依の体温が上がる。昔と違って、彼は本当に愛情表現をするのに躊躇いがなくなった。そんなことを考える芽依に、秋本が重ねて言った。

「芽依が許してくれるなら、俺はもう一生他の女には触らない。……誓ってもいい」

押し殺した声にひそむ熱情を感じ、芽依の胸がきゅうっとした。

芽依は意を決し、目の前の秋本の肩に力いっぱい噛みつく。容赦のないその強さに、彼が「痛っ」と声を上げ、同時に驚いた顔をした。

それを見つめて、芽依は言った。

「もういいよ。秋本がこれからわたし以外に触らないなら――これで許してあげる」

手加減なしに噛まれた肩は、相当痛かったはずだ。何ともいえない表情になった秋本を見上げ、芽依は彼に問いかけた。

「……ねえ秋本、わたしのこと好き？」

「うん」

「ちゃんと言って」

「好きだよ。……誰よりも」

――過去に他の相手と関係があったとしても、きっと彼の言葉に嘘はないのだろうと芽依は思った。秋本が本当に他人に興味がない人間だというのは、高校のときからよく知っている。それは「誰と寝ても、心が全く動かなかった」という言葉を裏付けるのに、充分だった。だからといって彼の過去を今すぐ全部許せるわけではないが、自分に向けてくる気持ちにはきっと濁りがないのだと思う。

（わたし、簡単すぎるかな……。でも）

そんな秋本に、どうしようもなく惹《ひ》かれてしまっているのだから、仕方がない。

「わたしも好き。七年半前も今も、誰にも渡したくないくらい大好きだよ……」

ささやくのと同時に、語尾が震えた。それを聞いた途端、痛みを感じたような顔をした秋本の唇を、芽依は強引に塞ぐ。

触れたい気持ちを、もう我慢することができなかった。

＊　＊　＊

強引に手を引かれ、ベッドに押し倒される。いつになく情熱的に自分を求めてくる芽依に、秋本の心が疼いた。

罪悪感は、すぐに消えてなくなりはしない。たとえ気持ちが動かなかったにせよ、過去の自分に乱れた異性関係があったのは確かで、それが芽依をひどく傷つけたのだと秋本にはわかっていた。

しかし彼女は、全部を受け入れると言ってくれた。「その上で、これから秋本と新しい関係を築いていきたい」と——芽依がどんな気持ちでその言葉を口にしたのかと思うと、秋本の胸はズキリと痛む。

(俺は、芽依に……ちゃんと償えるんだろうか)

他の女に触れないと誓った言葉に、嘘はない。しかしそれだけで傷つけた贖罪《しょくざい》ができるとは思えず、秋本の中をじりじりと焦りが募る。

(でも……)

そんなことを考え、触れるのを躊躇う秋本に、芽依はもどかしさをおぼえているらしい。彼女が求めてくれるなら、それに応えるのが一番なのだろうか。そう思い、秋本は彼女の髪を撫でた。

「ん……っ」

覆い被さるように唇を塞いできた芽依に応え、秋本は自分から彼女の口腔に押し入る。舌を絡ませて強く吸うと、芽依が喉奥から漏らす声が甘くなった。キスを続けたまま目を開けた途端、間近で潤んだ瞳に合い、気持ちが煽《あお》られる。

「は……っ……ん、ぅっ……」

ますますキスを深くしながら、秋本は片方の手で芽依の身体のラインを辿った。服越しに細い腰から背中、肩甲骨まで撫で上げる動きに、彼女が熱っぽい息を漏らす。

気づけばもう、二週間以上触れ合っていなかった。そう思うとにわかに飢餓感が増して、秋本は彼女の胸のふくらみをやんわりと握り込む。耳朶《みみたぶ》に舌を這《は》わせると芽依がビクリと身体をすくませ、声を上げた。

「っ……あ……っ」

秋本は彼女の耳の後ろや首筋に、音を立てて口づける。そのたびにビクビクと敏感な反応をしていた芽依が、秋本のシャツに手をかけてきた。

ボタンをすべてはずし、あらわになった胸に、芽依が手のひらを這わせてくる。そして彼女は先ほどのお返しとばかりに、屈み込んで秋本の耳の下にキスをした。喉仏、鎖骨、胸まで唇でついばまれ、秋本は思わず笑う。

「……くすぐったいよ」

「くすぐったいだけ？」

芽依はそのまま、乳首まで舐めてくる。濡れて柔らかな舌にざわりとした感覚をおぼえながら、秋本は彼女の頭を撫でた。

「……全く感じないわけじゃないけど。芽依、触らせて。もう二週間もまともに触ってないから、芽依が足りなくて仕方ない」

「今はわたしが触りたいの。……秋本は、そのまま転がってて」

芽依は秋本の腹筋にキスをし、ズボンの前をくつろげてくる。彼女は兆し始めたものに下着越しに頰ずりしたあと、軽く歯を立てた。ピクリと反応したそれを布の上から舌でなぞられ、秋本はかすかに身体を揺らす。生地にじわりと唾液が沁みる感触が、ひどく淫靡《いんび》だった。舌で形をなぞり、吸いついたりされるうち、屹立《きつりつ》が硬度を増す。

芽依が秋本の下着を下ろし、取り出したものを直に口に咥え込んだ。どこか余裕のない様子の彼女に、秋本は呼びかける。

「……芽依、いいよ、そんなことしなくても」

秋本の言葉を聞いた芽依が視線を上げ、不満げに問いかけてきた。

「わたし、下手……？」

「上手だと思うよ、すごく。……口に出されたい？」

以前もなかなか達《い》かないことにむきになっていたのを思い出し、秋本がそう聞くと、芽依がかすかに頰を染める。しばし躊躇ったのちに彼女が頷くのを見て、秋本は「物好きだな」と考えた。

（……そんなに美味いもんじゃないだろうに）

秋本は上体を起こし、芽依の頭を自らの脚の間に誘う。彼女の頰を撫で、ささやいた。

「……咥えてみて」

指示されてする行為に羞恥《しゅうち》があるのか、芽依がわずかに逡巡《しゅんじゅん》する。しかし彼女は言われたとおりに秋本のものを咥えた。温かい口腔に包み込まれるのを感じながら、秋本は言った。

「もう少し奥に入れるよ。……喉開いてて」

「ん、ぅっ……！」

頭を押さえてゆっくりと喉奥まで含ませると、芽依の舌がビクリと震える。少し苦しそうにしながらも彼女が吸いついてきて、秋本は快感をおぼえた。

「……上手だ。すっごい、いい。……そのまま舐めて」

優しく命令する秋本のものに、芽依は従順に舌を這わせた。懸命なその様子に、秋本の欲望が煽られる。元々嗜虐《しぎゃく》的な趣味はないはずだが、必死にこちらの要望に応えようとする態度がいじらしく、いとおしさが募った。

（……可愛いな）

秋本がときおり息を漏らすと、芽依はますます熱心に舌を這わせてくる。くびれを舐め、幹に走る血管を舌先でなぞって鈴口を吸う動きに、屹立が反応してより硬さを増した。

しばらくそうして行為に没頭する芽依を眺めた秋本は、やがて彼女の髪を撫でながら問いかける。

「――そろそろ出すよ。全部飲める？」

「……っ」

芽依が無言で頷いてきて、秋本は思わず噴き出す。

「無理しなくていいのに」

芽依が途端にムッとした顔になり、強く吸いついてくる。柔らかな舌の感触を堪能したあと、秋本は芽依の頭をぐっと押さえ、息を詰めて彼女の喉奥に熱を放った。

「ん……っ」

吐き出された粘ついた精液を、芽依が何とか飲み下した。口からズルリと引き抜いた途端、彼女は涙目で咳《せ》き込む。芽依の唇を親指で拭い、秋本は言った。

「……おいで」

芽依の身体を引き寄せ、秋本は彼女の唇にキスをする。芽依が首を振ったが、秋本は「いいよ、ほら」と言って深く口づけた。

「……うっ……ん、ぅ……っ」

口の中を清めるように、秋本は残った苦味を丹念に舐める。自分のものを味わうのは正直いい気持ちはしないが、少しでも芽依の不快感を取り除いてやりたかった。キスをするうちに眼差しが絡み、芽依がじわりと顔を赤らめる。大胆な真似をするくせに初心《うぶ》な反応をしたりと、いつも彼女の態度は秋本の気持ちをざわめかせてやまない。

芽依の身体をベッドに押し倒した秋本は、手と唇で彼女の身体を丁寧に辿った。着ているものを脱がせ、すべすべとした手触りのいい肌を愛でる。芽依が愛撫《あいぶ》に息を乱し、焦れたように足先でシーツを乱すが、秋本はやめない。

やがて彼女の手が、秋本の髪に触れた。

「……っ……あ、秋本……っ」

「ん？」

「早く……ぁ……っ」

秋本は芽依の膝に音を立ててキスをする。そのまま内ももに舌を這わせ、ときおり強く吸って肌に所有の証を刻んだ。脚の間に触れた途端、熱く潤んだ感触でぬるりと指が滑る。

「……可愛い。こんなに濡らして、早く欲しかった？」

潤んで蜜を溢《あふ》れさせる秘所に触れながらそう言うと、芽依がぐっと奥歯を噛み、腕で顔を隠した。秋本は屈み込み、彼女の広げた脚の間に顔を埋める。花弁に舌を這わせて軽く吸った瞬間、芽依の身体がビクリと震え、彼女は甘い声を漏らした。

「……はぁっ……ぁっ……や、っ……！」

秋本はわざと音を立てて花弁を舐め、舌先で花芯を押し潰して蜜をすする。芽依の身体が際限なく潤み、素直なその反応は秋本の欲情を煽った。やがて彼女の身体の力がすっかり抜けた頃、秋本は身体を起こして隘路《あいろ》に指を挿入した。

「っ、あっ……！」

「中、熱い……柔らかくてトロトロ」

「うっ、ん……」

指を奥まで挿れ、中を掻き回す。動かすたびに湿った水音が立ち、芽依の内襞《ひだ》がビクビクとわななないた。しかし一方的に感じさせられるのが嫌なのか、彼女は秋本の手首をつかんでささやく。

「指……もうやめて……っ……あ、っ……！」

「気持ちよくない？　……いいよ、達《い》っちゃって」

芽依の肩口、そして胸の先端を吸いながら秋本は答えたが、彼女が首を振った。

「わたしばっかり、やっ、ぁっ……ん」

「芽依の可愛い声、すごく好きなんだけど。……でもまあ、俺も全然余裕なんてない」

秋本は笑って指を引き抜き、ベッドサイドの棚から避妊具を取り出す。秋本は芽依の脚を広げながら屈み込み、彼女の目元にキスをした。

そのまま腰を押しつけ、ゆっくりと中に押し入る。

「あっ……！」

隘路を広げて進むと、芽依の中が強く収縮した。熱く蕩《とろ》けているのに狭い内部は、秋本に快感を与える。

抜き差ししながら奥を目指し、屹立をすべて収めた。きつい締めつけに息を吐いた秋本は、思わずつぶやいた。

「……あー、すっごい、中……たまんない」

「んっ……ぁっ……」

秋本は指で蜜でぬめった花芯を辿る。ゆるゆると優しく撫でると内襞が震え、うねるように締めつけられた。

「あっ、や……っ……だ、め……」

芽依が甘い声を漏らし、奥がトロトロと潤み出す。秋本はそのまま奥を突き上げ、律動を開始した。動くたびに淫らな水音が立って、深いところを探られるのがいいのか、中がますます熱を帯びる。強烈な快感をおぼえながら、秋本は熱を孕《はら》んだ視線で彼女を見下ろした。自分の身体の下で息を乱す彼女が、いとおしくて仕方がなかった。

——こんなにも心惹かれたのは、芽依だけだ。ピアノしかなかった秋本の人生に初めて踏み込み、「恋」という感情を教えてくれた彼女に、狂おしいほど執着している。

先ほど芽依は、「ずるくても、卑怯でも、そんな秋本が欲しい」と言ってくれた。おそらく彼女より秋本が抱く気持ちのほうが切実で強いものだと思うが、そんな独占欲を見せたら芽依はどう思うだろう。

芽依が腕を伸ばしてきて、秋本は身を屈めてそれに応える。律動を緩めないまま彼女の身体を抱きしめ、秋本はささやいた。

「会わなかったあいだ……ずっと抱きたかった。ひょっとしたら別れることになるかもって思いながら……もしそうなったら、いつか他の誰かがこの身体を抱くのかと思うと……耐えられなかった。ほんと勝手だよな、俺は」

自嘲して笑い、秋本は芽依の身体を起こして自分の膝の上に乗せた。

向かい合って胸のふくらみをつかみ、頂を舐める。途端に芽依は甘ったるい息を漏らした。ときおり強く吸うたび、中が反応してビクビクと秋本を締めつけてくる。下から突き上げられるといいところに当たるのか、芽依の喘《あえ》ぎが次第に切羽詰まったものになった。

そんな反応を見る秋本のほうも、余裕がなくなってくる。

間近で目が合い、芽依がささやいた。

「……好き」

秋本の首に腕を回し、彼女は目を潤ませて言葉を続ける。

「好き、秋本……ずっとそばにいて」

「……うん、いるよ」

――芽依が望むなら、何だってしてやりたい。そう思いながら、秋本は笑って答えた。

「愛してるよ、芽衣。……俺はたぶんかなりしつこいから、覚悟しといて」

自分の興味の対象は、今も昔もピアノと芽依に限られている。その重みについて、秋本はじっと考えた。

（そんな俺を、いつか芽依が嫌になっても……きっと手放してはやれない）

自分にできるのは二度とそうした気持ちを抱かれないよう、彼女に誠心誠意尽くすことだけだ。

目の前の華奢な身体を、秋本は思いを込めて強く抱きしめる。いとおしさに胸を灼かれながら、そのまま快楽の続きに身を委ねた。

＊　　＊　　＊

その後も延々揺さぶられ、芽依は秋本に喘がされ続けた。体力のない芽依は途中でぐったりしてしまい、一体いつ行為が終わったのかわからない。

気がつけばうつ伏せで眠っていて、秋本がベッドの縁に座る気配で目が覚めた。

「……起きた？」

既にシャワーを浴びてきたらしい彼は、濡れ髪でボディソープの香りを漂わせている。どれくらい眠っていたのかと考えたが、ほんの三十分ほどのことらしい。

さんざん乱された時間を思い出し、芽依は何となく居心地の悪さを感じた。頬を膨らませ、ボソリと言う。

「…………秋本ばっかりずるい」

「何が？」

「シャワー……」

自分は汗をかいたままで、気持ち悪い。そう言うと秋本は笑い、むくれた芽依の髪を優しく撫でた。

「あとで風呂沸かそうと思ってたんだ。それとも今にする？　頭のてっぺんからつま先まで、全部洗ってあげるよ」

本当にそうするのだろうなと感じながら、芽依は首を振った。ベッドの中から秋本の手を引くと、彼は隣に転がって芽依の身体を抱き寄せてくる。その腕の強さと馴染んだ体温に、安堵《あんど》がこみ上げた。

「……さっきの話」

突然話を振られ、芽依は驚いて秋本の顔を見上げる。

「えっ、何？」

「ニューヨークに戻るっていう件。確かに向こうでの仕事もあるんだけど――基本はこっちにしようかと思ってるんだ」

「こっちに」という意味がわからず、芽依はただ視線を返す。秋本は小さく笑った。

「俺が芽依と離れたくない。今だって全然足りないのに、向こうに戻ったら月に一度くらいしか会えなくなる。気になって、仕事どころじゃなくなるよ」

「………………」

頬を赤らめる芽依に、彼は言った。

「もちろん行ったり来たりになるし、ずっと一緒にはいられない。だからそういう意味では、完全にではないけど……」

「うん」

芽依が頷くと、秋本はそれからしばらく言葉を探すように黙り込む。やがて彼は、重い口調で言った。

「……俺が芽依を傷つけた事実はなかったことにならないし、謝って卑怯だった過去が消えるわけじゃない。本当はこんなふうに触《さわ》る資格がないのも、よくわかってる」

秋本の言葉に複雑な気持ちになり、芽依は彼の顔を見つめる。確かに過去のでき事は消せず、別れるしかないとも思った。でも今はそれを凌駕《りょうが》する強い気持ちで、彼と一緒にいたいと考えている。

(秋本は……そうでもないのかな)

気持ちを確かめ合ったと思ったのに、それは自分の独り善がりだったのだろうか。そう考える芽依を見下ろし、秋本は言葉を続けた。

「でも、芽依が許してくれるなら——もう泣かせない。芽依を裏切るようなことは、絶対しないから」

「………。うん」

その声ににじむ真摯《しんし》な響きに、芽依は切なくなる。秋本はきっと、他の誰にもこんなふうには言わない。だからすんなりと、言葉が心に沁み込んだ。

気づけば芽依は、小さく問いかけていた。

「じゃあ秋本は、向こうに帰らないんだよね……?」

「うん」

「わたしが聴きたいって言ったら……いつでもピアノ弾いてくれる?」

「そんなことでよかったら、いくらでも」

秋本は芽依の身体を抱く腕に力を込めて言った。

「芽依は俺に対して、どんな我が儘《まま》だって言っていいんだ。傷つけた分――七年半前も含めて、全身全霊で大事にするから」

「だからそばにいてほしい」とささやかれ、その情熱的な言葉に胸がじんとする。

秋本がいるだけでもう他に何もいらないと思う自分は、今確かに幸せなのだと芽依は思った。すぐに今回の件を忘れ去ることは難しく、これからもふとした瞬間に彼の過去について思い出してしまうかもしれない。

それでも、時間がいつかすべてを払拭してくれたらいいと願った。

(この先もずーっと、秋本と一緒にいられたら……)

次第に強い眠気に襲われて、思考が散漫になる。秋本が芽依の髪を指で梳《す》き、頭の上で言った。

「……芽依、眠い？」

「うん」

頷《うなず》くと、彼は「可愛い」と笑う。芽依はぼんやりしながら、秋本の身体に回した腕に力を込めた。――今ならずっと言いたかったことを、言えるような気がした。

「……あのね、秋本」

「ん？」

「このまま一緒に寝て」

彼が一瞬押し黙る。芽依は秋本の胸に顔を押しつけて言った。

「わたし、この家で起きたとき、いつも秋本がいなくて……ベッドに一人でいるのが嫌だったの。……寂しいの」

言っているうちに恥ずかしくなって、言葉が尻すぼみになる。子どもっぽいことを言っているかと思ったが、秋本が笑って答えた。

「そんな可愛い我が儘なら、いくらでも聞くよ。芽依が寝てるあいだ、俺はベッドから出ない。……これから先ずっと」

冷えやすい芽依の肩をすっぽりとタオルケットで覆い、秋本はその身体を抱き込んで寝る体勢を取る。

「おやすみ」というささやきに、芽依の瞼《まぶた》がすぐに重くなった。頭の隅で、ぼんやりと考える。

(もう、これからは……「秋本がいつ向こうに帰るのか」って、気にしなくていいんだ)

――それはこの上なく、幸せなことだと思えた。終わりに怯《おび》えることがなくなった今、彼への気持ちを無理に抑え込まなくていい。

秋本の胸に猫のように頬をすり寄せ、芽依は胸いっぱいに彼の匂いを吸い込む、そして「好き」とつぶやいた。

（秋本が好き――）

何度だって言いたい。この男は――自分のものだから。

秋本の手が、芽依の頭をいとしげに撫でる。優しい声が「俺もだ」とささやくのが聞こえて、芽依は安心して眠りの中に身を委ねた。

エピローグ

水曜の夜、「ｂａｒ　Ｌａｒｇｏ」の店内は、平日であるにもかかわらず盛況だった。

相変わらず秋本目当ての女性客が多いが、最近は耳の肥えた男性客にも秋本のファンは増えている。忙しくなったため、店長兼マスターの高田は、最近ホールの人員を一人増やそうかと検討しているらしい。

「ただね……なかなかいい人材がいなくてさ。最近の子は、ほんとすぐ辞めるから」

これまでも何人かホールで雇ったが、結局残ったのは真子ともう一人の大学生だけだという。その真子は最近はようやく秋本のことをふっ切れたらしく、芽依への当たりが格段に和らいだ。彼女は新しい恋愛の対象を見つけたようで、毎日楽しそうにしていると秋本が言っていた。

芽依はカウンターから、そっとフロアを振り返る。ピアノ演奏を終えた秋本が、立ったままテーブル席の客と談笑していた。相手が男性であるのにどこかホッとしながら、芽依は化粧室に立つ。

時刻は午後十時を過ぎようとしていた。そろそろ帰ろうと思いながら化粧室への角を曲がったところで、背後から声をかけられる。

「——芽依」

フロアから追いかけてきた秋本が、こちらにやってきた。

「もう帰るの？」

「うん」

「そっか。じゃあこれ」

彼はポケットから鍵を取り出し、それを芽依の手のひらに載せる。

渡された物を見つめ、芽依はしばし黙り込んだ。最近は平日でも、秋本の家に泊まることが多い。気持ちが通じ合ってからというもの、以前にも増して一緒にいたがる秋本に押し切られ、芽依はつい毎日のように店を訪れては彼の自宅に泊まっていた。

だが泊まるのがこれほど頻繁になると、弊害もある。家に帰れないせいで、掃除や洗濯、郵便物のチェックなどが追いつかず、生活のスタイルがすっかり崩れてしまっていた。

芽依は渡された鍵を押し返し、彼に言った。

「今日は行かない。わたし、本当に自分の家の片づけをしないと……最近は全然、家事ができてないし」

「俺は帰ったら、芽依に家にいてほしいんだけど。一緒に寝たいし、触ってないと腕がスースーするっていうか……何か物足りなくて落ち着かない」

近頃の秋本は、おねだり上手だ。愛情表現に磨きがかかり、ストレートに気持ちをぶつけられるたびに、芽依の理性が揺らぐ。

芽依はため息をつき、背の高い恋人を見上げた。

「……計。だから言ってるでしょ。わたし」

「俺が芽依のアパートに行ってもいいけど、それは駄目なんだろ」

「っ……そ、それは」

芽依はぐっと言葉に詰まり、声をひそめて言い返した。

「それは計が……おとなしく寝ないから。だから」

「そんなの当たり前だよ。芽依と一緒にいたら、触らずにはいられない」

――芽依のアパートは壁が薄く、隣の部屋の物音がよく聞こえる。つまりこちらが出している音も向こうに聞こえているはずで、以前秋本が芽依の自宅に泊まった翌日、玄関先で会った隣室の若い男性からまじまじと見られてしまい、気まずい思いをした。

以来芽依は、秋本が自宅に来るのを頑なに断っている。そのため、必然的に彼の家で過ごすことが多くなり、最近はしばしばこういった攻防が繰り返されていた。

(別に、一緒にいたくないわけじゃない……。わたしだって本当は行きたいけど)

芽依は目の前の秋本を見上げる。

恋人は今日も、嫌になるくらいにいい男だ。無駄に異性の興味を引き寄せてしまう雰囲気は相変わらずで、今こうしているときも、芽依は秋本目当ての女性客が追いかけて来ないかとヒヤヒヤしてしまう。

彼の気持ちが自分以外に向くことはないと思いつつも、女性と話しているのを見るとつい嫉妬してしまうのは、秋本には内緒だ。

（……やっぱりかっこいいな）

甘い瞳で見下ろされると、あっさり理性が揺らいでしまう自分が情けなくなる。芽依は渋々鍵を受け取り、歯切れ悪く言った。

「泊まっても、わたしは朝仕事に行っちゃうんだから……週末ゆっくり会えばいいのに」

「芽依は最近、泊まったら朝メシ作ってくれるから。すごく楽しみにしてる」

「そんな、あんな簡単なので……大袈裟だよ」

秋本の亡くなった母親は医師で、彼が幼い頃も忙しくて家にいなかったため、秋本は「家庭料理」というものをほとんど食べたことがなかったらしい。そんな話を聞いて以来、芽依は泊まった翌日には、彼の家のキッチンで朝ごはんを作ることにしていた。

さほど凝った料理ではないのに、子どものように楽しみにしている秋本を見ると、芽依はそれくらい、いくらでも作ってあげるのにと考えてしまう。そうしてふと、以前自分が秋本にピアノをねだったときにそんな言い方をされたのを思い出し、面映ゆい気持ちになった。

——ひとつひとつ確かめるようにお互いを知っていくのが、今はとても楽しい。七年半前も知らなかった互いのパーソナルな部分は新鮮で、だからこそ際限なく一緒にいたいと思ってしまうのかもしれない。

ふと距離を詰められたのに気づいて顔を上げると、秋本が視線で誘ってきた。こんなところで……とフロアを気にしながらも、芽依は抗い切れずに目を閉じる。

壁際で屈み込んだ秋本が、キスをしてきた。舌先を舐められ、より深くを探ろうとする彼の意図に気づき、芽依は秋本の胸を押し返す。

「……もう、駄目だってば」

「何だ、残念」

芽依が抵抗すると、秋本はあっさり唇を離して笑った。

「流されてくれるかと思ったけど、意外にガードが堅いな」

いつも何だかんだ言って応えてしまっているのを揶揄《やゆ》されている気持ちになり、芽依はムッとして言い返した。

「計はいつも、そうやって……！」

「しっ、誰か来る」

フロアから誰かがやって来る気配に気づいた秋本が、早口で芽依に言った。

「家で待っってて。眠かったら、先に寝ててもいいから。……じゃあ、あとで」

去り際に、するりと優しく髪を撫《な》でられる。秋本が踵《きびす》を返し、同時にフロアのほうから現れた男性客が通路を歩いてきて、化粧室に入っていった。芽依は何気ないしぐさで髪を整え、手の中の鍵をバッグにしまいながらため息をつく。

……店でこういうことをしないほうがいいのはわかっているのに、秋本の色気に抗い切れない自分が恨めしい。

化粧を直してフロアに戻ると、ピアノの音が聴こえた。秋本が弾き始めたのは、軽快なタッチの「Up Jumped Spring」だ。リクエストか秋本の好みかわからないが、フロアの客が思わず聴き入るその演奏を横目に、芽依はカウンターの高田に帰る旨を伝えた。聴いていきたい気持ちがうずうずとこみ上げるが、そうするときりがなく、いつまでも帰れない。

演奏しながら、秋本がピアノ越しに視線を向けてくる。それに少し微笑みかけ、芽依は店のドアを開けた。

ドアの横には小さな立て看板が置いてあり、「Live piano playing（ピアノ生演奏中！）」という紙が貼られている。秋本が店にいるときにだけ貼られているこの紙は、来週からしばらくなくなる予定だ。

——彼は来週から、アメリカに行く。向こうでの演奏活動やレコーディングの準備など、やることは山積みのはずなのに、秋本はかなりタイトな日程で帰ってくるつもりらしい。

「身体が心配だし、そんなに急いで帰ってこなくてもいい」と伝えたが、彼は芽依と離れているのが本当に我慢ならないという。

「なるべく早く帰ってくる」という秋本の言葉を思い出し、芽依はそっと微笑んだ。

（計がいなくなるのは、寂しいけど――大丈夫）

かつて芽依をあれだけ憂鬱にさせていた、「離れたらどうなるかわからない」という不安は、今はもうなくなっている。「大事にする」と誓ってくれた秋本が言葉どおりの溺愛ぶりで、そんな不安を払拭してくれたからだ。

秋本がいない期間、何をしようかとずっと考えて、芽依はようやくやりたいことを見つけた。英語を話せるようになりたいから、英会話スクールに通うことを決めたと言ったら――彼は一体どんな顔をするだろう。その意味を、すぐわかってくれるだろうか。

（ずっと一緒に、いたいから……）

秋本の行くところに、自分がついていけるようになりたい。英語をマスターして、いつかアメリカで演奏する彼を見ることが、今の芽依の密かな目標だった。

向こうでの秋本はどんなだろうと、芽依は想像する。マイペースな彼は、きっとどこにいても変わらずにピアノを弾いているはずだ。しかし本場の雰囲気は明らかに違うはずで、芽依の顔に思わず笑みが浮かんだ。

（……そんなの見たら、きっとまた惚《ほ》れ直しちゃうんだろうな）

心躍る想像をしながら、ぬるい風に煽《あお》られる髪を押さえる。

店から流れるピアノの音色を聴きつつ、芽依は名残惜しい気持ちを抑え、後ろ手に「bar Largo」のドアを閉めた。

あとがき

蜜夢文庫さんでは初めまして、西條六花です。

この作品は、元々Ｗｅｂで公開していたものを改題・改稿したものです。最初に書いたのはもう二年以上前で、今見ると文章も構成も身悶えするほど拙く、改稿はかなりメンタルを削られる作業でした。

しかし担当さんや竹書房さまのアドバイスにより、かなり読み易くなったのではないかなと思います。細かい設定やヒロインの性格など、変更した部分は多くありますが、Ｗｅｂ公開時から応援してくださった読者の皆さまにも、新鮮な気持ちで楽しんでいただけたらうれしいです。

さて、この作品のヒーローである計は、わたしが書いた作品の中で随一といっていいくらいに糖度の高い人物になりました。天才肌で興味の対象がごく限られた人なので、彼のメンタリティを紐解くのがかなり難しかったです。欠点が多くあるものの、それを補って余りある色香や甘さを出したいと思っていたのですが、成功しているでしょうか。

一方のヒロインは、そうした彼の駄目な部分を受け止められる人間として書きました。

改稿の結果、以前よりだいぶ大人な性格になったのではないかなと思います。

　挿絵は秋月イバラさまにお願いいたしました。ラフが本当に素敵で、計は黒髪が色っぽく、芽依は可愛らしく上品に描いてくださいました。どんな仕上がりになるか、楽しみにしております。

　担当のKさまにも、最大限の感謝を。拙い作品を拾い上げてくださり、また枚数オーバーやタイトルの件など、面倒がらずにとても親身になっていただきました。本当にありがとうございました。

　そしてこの本を手に取ってくださった方々にも、心よりお礼を申し上げます。作品が、皆さまのささやかな娯楽になれましたら幸いです。

　またどこかでお会いできることを願って。

西條六花

本書は、電子書籍レーベル「らぶドロップス」より発売された電子書籍を元に、加筆・修正したものです。

ピアニストの執愛
その指に囚われて

２０１７年3月２８日　初版第一刷発行

著……………………………………………………西條六花
画……………………………………………………秋月イバラ
編集…………………………………………パブリッシングリンク
ブックデザイン…………………………………しおざわりな
（ムシカゴグラフィクス）
本文ＤＴＰ………………………………………………ＩＤＲ

発行人……………………………………………………後藤明信
発行…………………………………………………株式会社竹書房
〒102-0072　東京都千代田区飯田橋２－７－３
電話　03-3264-1576（代表）
03-3234-6208（編集）
http://www.takeshobo.co.jp
印刷・製本………………………………中央精版印刷株式会社

ISBN978-4-8019-1031-7　C0193
Printed in JAPAN